前　记

我头一次为六世达赖仓央嘉措的情歌（诗歌！）所打动是从诗人叶舟口中，那是在1994年的西安酷夏。如此经历到2002年的西宁又重现了一次，是在一位专事研究仓央嘉措的藏族学者口中（对不起！我不记得他的名字了）。

在此八年之间（甚至于之前），我已经接触到仓央嘉措情歌的汉译文本（曾在1999年留下过一首诗《飞机上的仓央嘉措》），但感觉并不像从别人口中直接说出那么感受强烈——我想：这是汉语译本的问题！经过译者精心译成的语言反倒没有人在口头传达时那么直抵人心！

2003年夏天我再度去了西宁，几乎天天和老友诗人马非以及藏族诗人班果泡在一起，喝青稞酒谈仓央嘉措，由于他们二人都在青海人民出版社工作，我便向他们提议重版《仓央嘉措情歌》（该社在1980年曾出过一版），并主动请缨：我愿意在出版前帮他们将汉语译本

“润色”一遍，以我之力，增其“诗味”，令其在汉语之中更具有好诗的光彩。

他们果然接受了我的提议，也没有忘记我的热情，马非打来了电话——于是，在2004年春节前后，我一直在埋头做着这项以好诗为努力方向的“润色”工作。2005年春，一本叫做《仓央嘉措情歌及秘史》的小书由青海人民出版社出版了，尽管从包装上与我当时“策划”中的“一本国宝级的经典之书”相去甚远，但毕竟有了结果。

又是三年过去。其间仓央嘉措情歌在汉语读者中的境遇已经发生了较大改善——大家到网上去搜搜就可以直观地感受到这一点。令我颇觉欣慰的是：我的“润色版”也加入了流传，并且主要是在诗人中间（这令我更加高兴）。如果你是因为诗人伊沙的“润色版”而发现了仓央嘉措或比以往任何时候都更加意识到他的价值，我会感到莫大的幸福！

有一本在当年的“润色”工作中给我提供了极大帮助的书——《仓央嘉措及其情歌研究（资料汇编）》（西藏人民出版社，1982年版）——是我从老友诗人唐欣处借来的，几年来我一直憋着不还是因为一直想利用它再做一事，这便是：我还想在仓央嘉措情歌的“正版”之外，对那些手抄本或口头流传的“疑似部分”（他们有时以“西藏民歌”之名出现)也加以“润色”,姑且视为“仿仓央嘉措情歌”。

由于不是已经确定的“正版”,我在这一次的“润色”中给了自己充分的自由,允许改写或重写,使之有了再创作的含量——我相信:我不过是这么做的第N个人罢了。几百年来,在那片雪域高原上,有些优秀的藏族民间诗人将自己的创作毫无保留地献给了“仓央嘉措情歌”,而将自己的名字默默地隐去(就像《诗经》中的那些无名作者——其中不乏“大师”),我也应该这样做。

这便是民间文学中盛行的伟大的“集体创作”,在此以“仓央嘉措情歌”之名!

我从不相信“人民大众”,因此也不相信“在大众中流传”这件事的说服力,现在愈加如此——我发现近年以来最为流行的“仓央嘉措情歌”竟是这么一个可疑的版本:“那一天/闭目在经殿的香雾中/蓦然听见/你诵经的真言//那一月/我转动所有的经筒/不为超度/只为触摸你的指尖//那一年/我磕长头匍匐在山路/不为觐见/只为贴着你的温暖//那一世/我转山转水转佛塔呀/不为修来世/只为在途中与你相见……”——说“可疑”是客气,这明显是一个轻浮庸俗伪劣的赝品,仿佛煽情的现代歌词,但却深得当下这些耳听许巍的《蓝莲花》

手持安妮宝贝的《莲花》成群结队奔赴西藏“朝圣”去的小资“大众”的喜爱……

所以说，流传的未必就是真东西和好东西。

我给自己的“润色”和改写定下了一个明确的方向——那便是朝向仓央嘉措，朝向诗！

适逢自己的创作正处于一个锐意求变的转型时期，从态度上我是把这项工作当做创作来对待的——但不会将之当成自己的创作成果，在此我个人只保留一个发布的权利，而放弃署名权。

但是译者的劳动必须受到尊重：在此我特别感谢刘家驹、庄晶两位翻译家——我此次工作依据的正是他们二人的译本。

我之“润色版”发表和出版之后，在听到表扬甚至赞美的同时，也听到了几声批评，让我不得不重视的是：它们几乎全都来自于仓央嘉措的母族——我的藏族同胞，对他们在翻译、佛学上的指教，我虚心接受，衷心感谢，但对诸如以下的这顶大帽子，我却不能戴走：“由此看来，包括伊沙所‘润色’的《仓央嘉措情歌》其实也正是‘东方学’的翻版而已。因为我们完全可以将萨义德话里的‘东方’置换成‘西藏’，将‘西方’置换成‘汉地’或诸如此类。”——实话说吧：在我这里，没有“东方学”，而只有

“诗学”;没有“东方主义”,而只有“唯诗主义”。

我想告诉大家（当然也包括这几位藏族朋友）一个事实(我曾向美国一位造诣颇深的汉学家求证过):寒山在西方读者中的实际影响要远远大于李杜,精神上的因素当然有,但其中一个很重要的技术性的原因是:在20世纪50年代,他赶巧碰上了一位天才的译者,那位译者将其翻译成了一个英语(还有法语)的现代诗的寒山子,大受读者的欢迎,甚至成为一代嬉皮士的偶像。怎么办?难道我们还要把《百家讲坛》开到美国去吗?向他们普及一下文学常识:老外们,搞错了,寒山不是最好的,他这一路的大宗师是王维,而唐诗的巅峰是李杜?

我想说的是:不要把伟大的仓央嘉措留在黑暗的传说之中(难道有人喜欢这样吗),他属于藏族,也属于中国和世界!

伊沙

2008.2.26

目录

仓央嘉措情歌

一

在那东山顶上，
升起皎洁月亮。
母亲般的情人脸庞，
浮现在我心上。

二

去年种的青苗，
今年已成柴草；
少年老去的身躯，
比南弓[1]还要弯曲。

①南弓：指西藏南部制造的弓。

三

夺我心魂的人儿，
若能够厮守到老，
仿佛从大海深处，
捞上来奇珍异宝。

四

那偶然路遇的情人，
是肌体芳香的姑娘，
像拾到晶莹剔透的绿宝石，
又将它弃置路旁。

五

达官显贵的千金，
那股子艳丽的骚劲儿，
看似高高的桃树尖上，
熟透的果实一样。

心儿随她去了，
夜里无法安眠，
白天未能得手，
叫我心灰意懒。

七

花期已经错过，
玉蜂不要惆怅；
和情人缘尽了，
我也并不悲伤！

芨芨草[1]上的白霜，
寒风的使者[2]，
就是它俩呀，
拆散了花儿和蜂儿。

①芨芨草：多年生草本植物，可作饲料，也可用来编织篓、席等物。

②寒风的使者：指深秋的风。

九

野鸭恋上芦苇，
真想亲热一会，
湖面已被冰封，
叫我气丧心灰！

渡船无心，

马头[①]回眸，

负心的人呵，

一去不回头！

①西藏木船头上一般都有脸朝后的木雕马头像。

十一

我和集上的姐姐，
结下了三句誓约。
却像那花蛇结，
自己在地上开裂。

十二

两小无猜的心上人啊，
她的幡儿插在柳树旁。
看护柳树的阿哥，
请别拿石头打它！

十三

以手写出的黑黑小字，
已被雨水冲消；
刻在心头的图画，
想擦也不会擦掉！

十四

盖上的黑色小印，
是沉默无语的。
请把信义的小章，
盖在彼此的心上！

十五

生机勃发的哈罗[1]花，
如果做了供品的话，
把我这年少的玉蜂，
也带到佛堂里去吧！

①哈罗：音译，即锦葵花。

十六

心爱的姑娘，
若要去学法修行，
少年我也走，
去向那山中的禅洞。

十七

我去有道的喇嘛面前，
求他将明路指点，
但却无法回心转意，
又失足到情人那里。

十八

默想①的喇嘛尊容，
怎么也不显现；
没想的情人脸蛋，
却在心头灿烂。

①默想：佛教术语为观想，即心中想象着自己所要修的神的形象。

十九

想她想得放不下，
如果这样去修法，
在今生今世，
就会成佛啦！

二十

明净的水晶山的雪水，
铃荡子[1]草药上面的露珠，
甘露药作曲子所酿成的美酒，
智慧空行[2]仙女当炉，
就着圣洁的誓约喝下，
就不堕恶途[3]。

①铃荡子：药用植物川藏沙参的别名。

②智慧空行：仙女名。

③恶途：佛经用语，指地狱、饿鬼、畜生。

二十一

时来运转的时刻，
竖起祈福的风幡，
就有美丽的淑女，
请我去她家赴宴。

二十二

皓齿美人含笑，
朝向四座顾盼，
眼珠娇滴滴一转，
目光落处是少年的脸。

二十三

问问心爱的人儿:
可愿做终身伴侣?
回答说:除非死别,
永不生离!

二十四

如果遂了美人心愿，
今生就与佛法绝缘；
若到深山幽谷中修行，
又辜负了姑娘的芳心。

二十五

工布[1]少年的心情，
好像蜂儿粘在蛛网里，
和情人云雨三日，
却又想起佛法与终极。

①工布：西藏东部林区，吐蕃九小邦之一，盛产鸣禽。

二十六

你这命定的爱人，
若真是无信的，
那发髻上的碧玉，
它也不会言语！

二十七

启齿嫣然一笑，
将我的魂儿勾跑。
是否真心相爱，
请发下一个誓来！

二十八

鸟石路遇①的姑娘，
是酒家阿妈撮合。
如果欠下孽债，
请你关照养活！

①藏语成语“鸟石路遇”，近似汉语成语“萍水相逢”。

二十九

知心话没告诉爹娘，
全诉与两小无猜的情侣。
情侣的追求者多哩，
私房话被情敌听去。

三十

心爱的仙女意抄拉姆①，
是我这猎人捕获，
却被显赫的暴君，
诺桑王掳去！

①意抄拉姆：仙女名，意为“夺人心魄的仙女”。意抄拉姆、猎人和诺桑王是藏戏故事《诺桑王传》里的人物。

三十一

宝贝在手，
并不珍惜；
一旦失去，
满腔是气。

三十二

与我相恋的情人，
已被人家娶走；
心儿被相思折磨，
人比黄花瘦。

三十三

情侣被人偷走，
我须打卦问签。
心底纯洁的姑娘，
常在梦中浮现。

三十四

只要姑娘不死，
酒就不会喝完。
少年终身的寄托，
也只能够在这里。

三十五

姑娘不是娘生的，
怕是桃树上长的，
要不然她的爱情，
怎比桃花还谢得快呢？

三十六

两小无猜的情侣，
莫非是狼的后裔？
与我相恋同居，
还想逃回山里。

三十七

野马跑到山上，
可用套索捉住；
情人一旦变心，
神力也拿她不住！

三十八

岩石伙同风暴，
刮乱了鹰的羽毛；
三心二意的姑娘，
叫我心烦意恼。

三十九

黄边黑心之云，
是冰雹的成因；
非僧非俗的沙弥，
是圣教佛法之敌。

四十

上消下冻的土地，
不是跑马的地方；
初次相遇的情人，
无法倾诉衷肠。

四十一

她皎洁的面容，
仿佛十五的月亮；
月宫里的玉兔，
已经命不久长。

四十二

这个月去了，
下个月来了，
在吉祥白月①的上句，
将有我们的相见。

①白月：吉祥的月份。

四十三

中央的须弥山王[1]啊，
请你坚定地站立！
日月的运转，
就不会迷失。

①佛经上说，世界最高的山是须弥山。

四十四

初三的月儿弯，
银光洒满天；
请对我发个誓言，
要像十五的月亮那样圆！

四十五

具誓护法[1]金刚，
坐于十地[2]法界，
若有神通大力，
请驱走佛教之敌！

①具誓护法：是密宗护法神之一。

②十地：指佛教圣人的十个得道等级而言。

四十六

杜鹃鸟来自门隅[1]，
带来春天的大气；
我和情人见了面，
身心也感到快意。

①门隅：西藏地名，诗人的故乡。

四十七

对于无常和死亡，
若不常常观想[1]，
纵然聪明盖世，
也和傻子一样。

①观想是宗教上的一种修行方法。

四十八

无论虎狗豹狗，
喂熟了就不咬；
家中斑斓的母老虎，
熟透了却更加残暴。

四十九

虽然肌肤相亲，
却不知情人真心；
不如手指画地，
能算出天上星星。

五十

我和情人的幽会地点，
在南门巴的密林深处。
除了巧嘴鹦鹉，
谁也不知道。
能说会道的鹦鹉，
这个秘密你可不要泄露！

五十一

拉萨的人群之中，
琼结[1]的人最纯洁，
来会我的姑娘，
家就住在琼结。

①琼结：西藏地名。山南重镇，吐蕃故都。谚云：雅龙林木广，琼结人漂亮。

五十二

看门的大胡子老狗，
你的心比人要乖；
别说我夜里出去了，
别说我早上才回来。

五十三

入夜去会情人，
破晓大雪纷扬。
保不保密都一样，
脚印已留在雪上。

五十四

住在布达拉宫，
我叫持明①仓央嘉措；
住在山下拉萨的民居中时，
我是浪子宕增旺波。

①对密法有造诣的僧人，称之为“持明”。

五十五

温香暖玉的姑娘，
被锦被所拥抱，
莫非虚情假意，
骗我少年财宝？

五十六

帽子戴在头上，
辫子甩在背后。
“请慢走”，
“请留步”；
“心中难过”，
“重逢在即”。

五十七

洁白的仙鹤啊，
请把双翅借我，
不会远走高飞，
只到理塘[1]就回。

①理塘：是四川省甘孜藏族自治州的地名。这一首被认为是诗人的预言，后来七世达赖生于理塘，预言应验。

五十八

在那阴曹地府，
阎王有面业[1]镜，
人间是非不清，
镜中善恶分明。胜利吧！

①业：佛教用语，指人世行为，有善业与恶业之分。

五十九

一箭射中目的，
箭头钻进土里。
与两小无猜的情人相遇，
心儿随她欲飞去。

六十

东印度的孔雀，
工布谷底的鹦鹉，
生于不同的乡土，
同在圣城拉萨会晤。

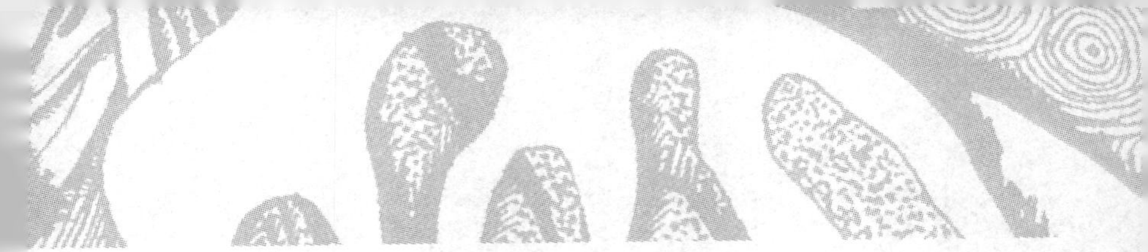

六十一

人家说我闲话，
自认说得不差，
少年轻快的步伐，
踏进过女店主的家。

六十二

柳树爱上小鸟，
小鸟爱上柳树；
只要同此一心，
鹞鹰无隙可乘！

六十三

短短的今生，
就这样过了。
且看来世少年时，
还能否相逢如斯！

六十四

那个巧嘴鹦哥，
请你住了口舌！
柳林中的画眉姐姐，
要唱一曲动人的歌。

六十五

背后凶厉的龙魔，
管它凶还是不凶。
为摘前面的苹果，
敢豁出这条性命。

六十六

第一最好不相见，
如此便可不相恋；
第二最好不相知，
如此便可不相思。

六十七

不要说持明仓央嘉措，
找情人去啦！
正如自己需要一样，
他人也同样需要。

六十八

神树香柏的枝头，
年轻的杜鹃落下，
什么都不必多讲，
请说一句动听的话。

二十九

白色的桑耶雄鸡，
请不要过早啼叫！
我和两小无猜的情人，
知心话还没完没了。

七十

一杯酒没醉，
两杯酒没醉，
两小无猜的情人劝酒，
只一杯就酩酊大醉。

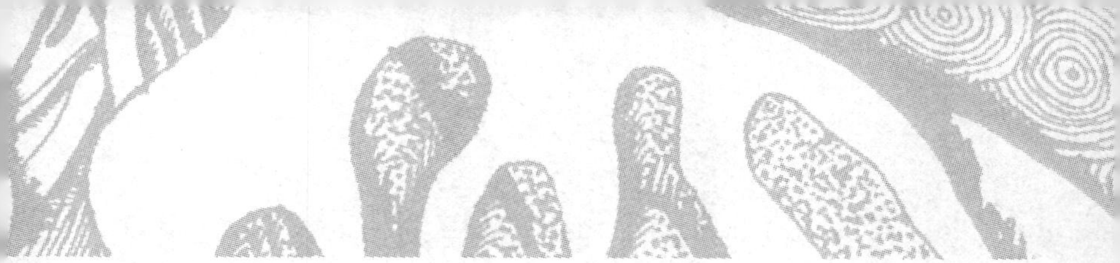

七十一

在人群中间，
不要说出咱俩的秘密。
你内心如有深情，
就请用眉目传递！

七十二

你是金铜佛身，
我是泥塑神像，
虽在一个庙堂，
我俩仍不一样。

七十三

请看我消瘦的面孔，
那是情人害我生病。
如此瘦骨嶙峋，
纵有百医也是无用！

七十四

热恋之时，
情话不要说完！
口渴之际，
池水不要喝干！
一旦情况有变，
到时后悔已晚。

仿仓央嘉措情歌

1

繁华的拉萨
未住我爹娘
伟大的庙宇
请做我新娘

2

布达山头
岂无杜鹃
达赖思亲心切
人在啼血

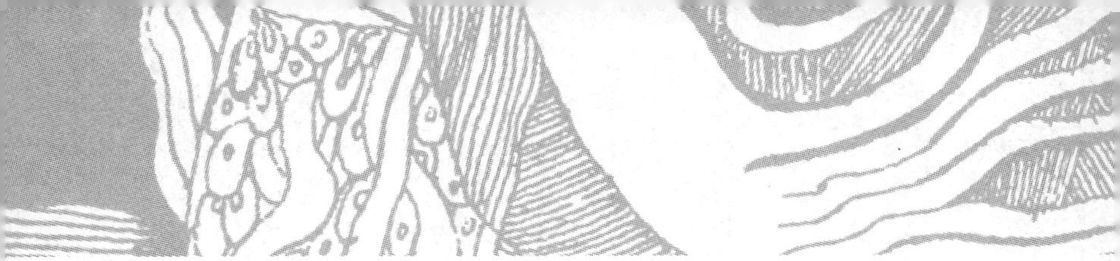

3

东山的峰头
有白云缭绕
那是亲爱的恋人
为我点燃神香

4

三娘教子句句箴言
可她白天做的鞋儿
却被我在夜里踏破
在出门去会情人的路上

5

莫谓流水不回头
莫叹桥儿空自留
循环不息的河流
这世上到处都有

6

子弹打进身体
虽然疼痛
终会痊愈
不像情人
打进身体

7

天上落下太阳雨
比羔羊的毛还细
那是情人的小手
为我织就的毛衣

8

如果将水中明月
能够打捞上来
带着她离开
我还有什么遗憾

9

叫是叫不应的
风娶走了你的声音
看是看不见的
鹰叼去了你的眼睛

10

那片山坡上
尽是吃草的羊群
但我神圣的羔羊
却不知去向

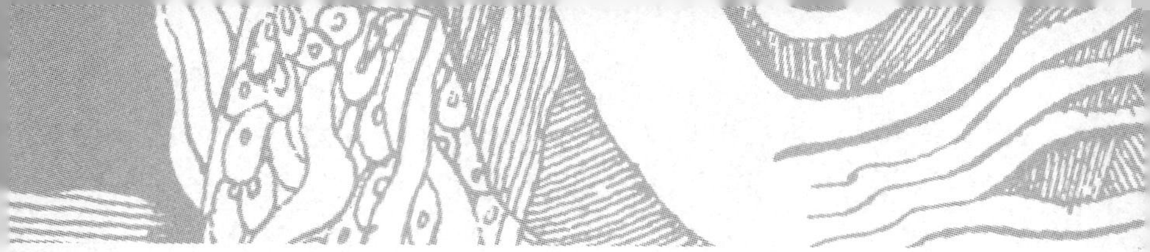

11

大路上南来北往的行客呀
别嫉妒我被阳光晒暖的福
你可知我被罡风雕刻的苦

12

在那磨盘山巅
倘能插一杆颂祷旗
旗杆纵要从远方运来
也愿尽这前世的夙愿

13

我俩的爱情
好似柳枝搭的桥
这样的桥
以不稳固著称于世

14

赤金的桌上
摆有玉石的鹦鹉
莫谓你手长
就可以随意爱抚

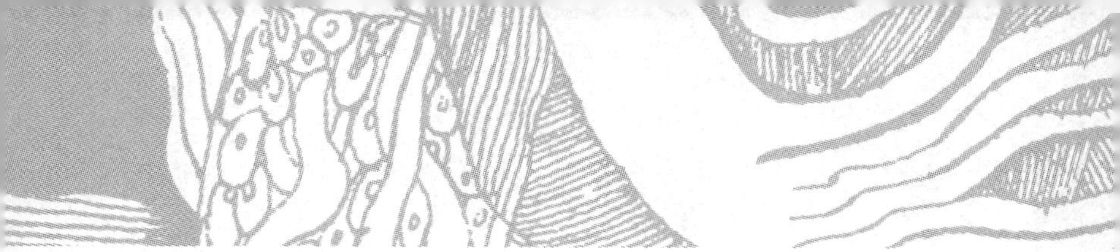

15

金殿下的护法神

不曾欺侮过我

今后还望无欺

16

核桃种在菜园

自有开花结果的一天

爱情种在乐园

却不能有这样的指望

17

你我爱情

亲密无间

有隙可乘

18

遇见一道溪水

不要急于搭桥

夏日河水暴涨

桥儿就会冲倒

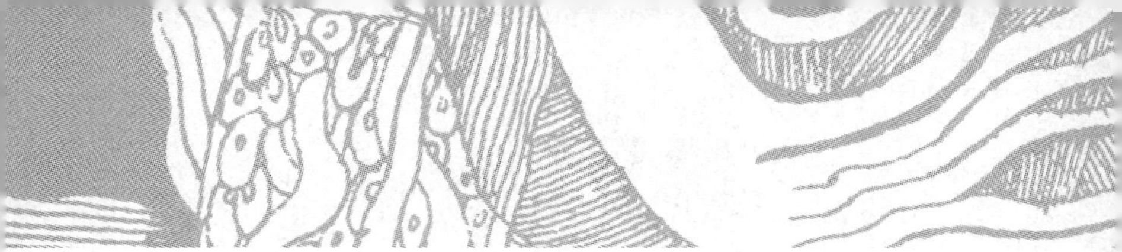

19

对岸黄花
沐于朝阳
静静等待
甘霖骤降

20

白绵羊的云端
珊瑚宝塔现
若不见日月
你我无缘见

21

海水似的深恩
尚未报答过你
生命之树常绿
一切都来得及

22

鹿儿来到了平原
莫作无谓的警告
我不会践踏禾苗
只是来探望野草

23

父母的遗训
好似鸟儿的哀鸣
离家愈是遥远
叫声便愈加凄清

24

十五的月儿
用银辉舔着我的脸
乌云嫉妒地遮蔽了
她那美丽的容颜

25

桃子渴了我的口

桃花迷了我的眼

正是这棵桃树呀

让我得度销魂的良宵

26

湖之主人雁啊

你可不要多疑

鹤就是饿死了

也绝不吃你泥沼中的草根

27

不会吃酒的少年
被当炉酒娘教会
我长久沉醉其中
今朝方才觉醒

28

美好的爱情
乃是生命的需要
临终时佛铃叮咚
不过是自欺欺人

29

爱人啊！我写去的书信
可曾送上了你的梳妆台
我派去的信使
可曾袭扰你的一夜清梦

30

爱人啊！你好似夏花
想开就自由地开吧
免得那热恋你的人儿
错过了你的花期

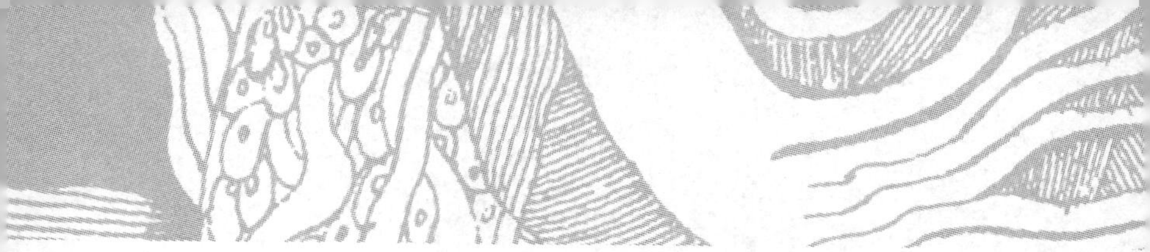

31

马儿的心思
映在碧绿的水潭
我没有想起生我的阿妈
却思念着那个爱我的她

32

八月秋风起
青山见苍黄
孤星泣血泪
心能不凄凉

33

山头被夕光笼罩
孔雀别为它伤悼
自有多情的杜鹃
来慰藉你的寂寥

34

色艺超群的鸟儿
幽闭于无情鸟笼
纵然生有双翅
何处可以凌空

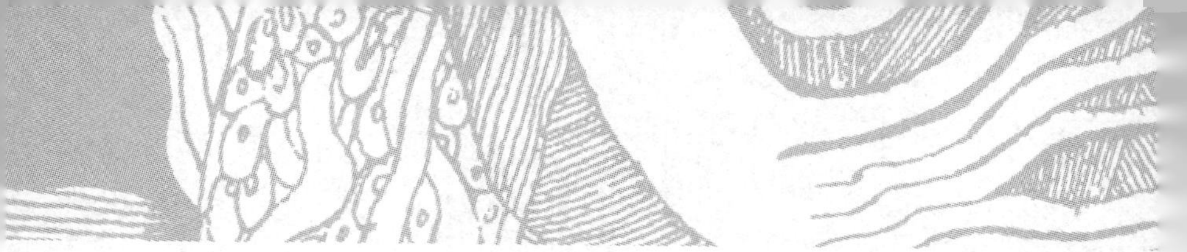

35

金色的大雁

是上界的仙禽

禁不住海妖的诱惑

飞向那茫茫的海天

36

天下没有不散的筵席

纵使这样——爱人啊

我盼着：你我的酒杯

永远不撤

37

十五的月亮
是不属于我的——拥有
她在初三时娥眉的新妆
也是幸福的

38

高山是你的敌人
大川是你的敌人
千里迢迢的回乡路
更是你心灵的敌人

39

亲爱的友人
你好比是一只杜鹃
请无视群山的巍峨
自由自在唱你的歌

40

柳树已遭砍伐
少年切莫悲伤
柳树的断枝上
会有新苗生长

41

遇着合意的地方
就想支起天幕
怎奈拉幕的绳儿断了
叫我束手无策

42

天堂般的中甸的娥媚仙湖
倘能荡舟其间
就算把红绸袈裟颜色浸褪
我也心甘情愿

43

我爱你这光亮洁白的婵娟
是美好春宵的明月
你爱我这英俊威猛的少年
是喷薄而出的旭日

44

我的爱人啊
你是山岩上的劲松
酷夏淋着烈日的暴雨
严冬吹着沙石的狂风

45

光明的太阳啊
你是我的爱人
我走遍人间乐土
才找到你这博爱之神

46

山头雪
万峰见
美人伤心有谁怜

47

见到她
是眼中仇敌
不见她
是心头至爱
相见无言
梦里缠绵

48

山巅堆满洁白的雪
山麓铺就绿毡的田
禾苗有着怎样的命运
取决于雪山的心

49

南斗六星
世族强大
穿天心而遇
我就像那十五月亮
也当照遍世界而去

50

海水荡漾
微风鼓动
金色的鹰
莫要心惊

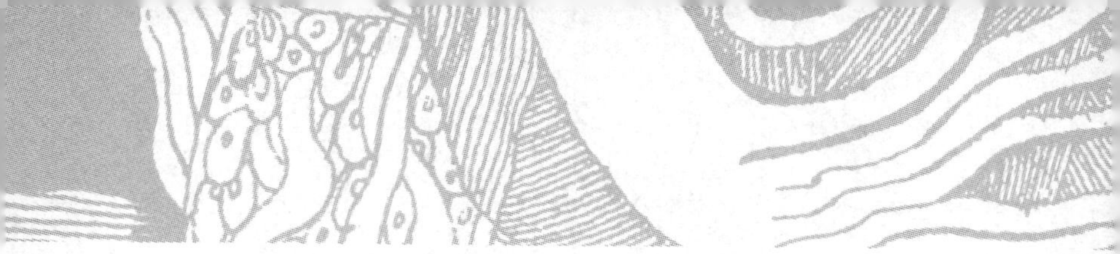

51

漾佳山

你只要不生毒草

那神圣的野兽

就会向山头寻找

52

登上东山一望

西山芳草萋萋

少年如我者

又向哪里转移

53

印度神山高
紫檀林幽深
醉酒的拉萨
萦绕在我心

54

口也渴极了
水也喝足了
请把那最初解渴的源泉
印上你的心版

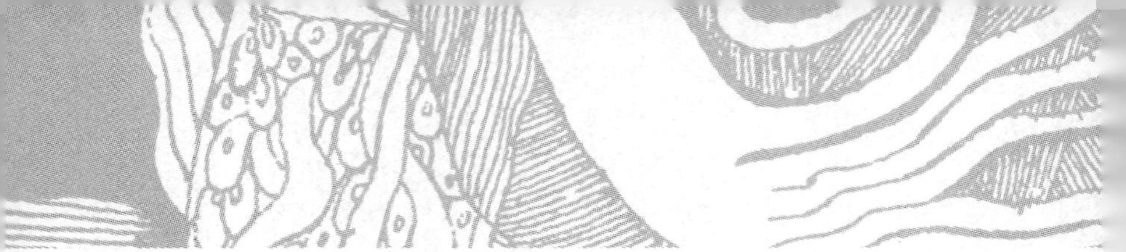

55

白绸做的颂祷旗
高插在北山顶上
不论我的情人走向哪里
祥风啊！请你向她吹去

56

耳鬓厮磨的青梅竹马
正要越过山巅
我的心已化做和风一片
将她陪伴

57

晨曦！莫钻进云里
天尽头的那颗孤星
尚未得到你的温存

58

你是一枝素洁的白花
我是一枝灿烂的红花
只要情投意合
便一起盛开在风前月下

59

你欲往印度的仓却城去
我却并不加以拦阻
如果遭遇毒树
请为我把自己保护

60

问君能有几多愁
不足为他人道
怕的是仇家欢喜
爱人伤悼

61

圣洁的羔羊
既然生在人间
就要当心遇见
万恶的豺狼

62

走是佛的旨意
别是前生注定
切莫流下泪水
它会灼伤我心

63

对岸山坡上
开着一簇娇艳的红花
请不要制造谣言
她确真是初放的鲜葩

64

玉朵桥上
行者不绝如缕
家乡亲人
却比黄金难觅

65

弱柳枝头

黄莺叫个不休

鸟儿的知音说

这是诉说丧母之痛的啁啾

66

猿猴的本领

我倒是没有

高树上的鲜果

还是摘得到手

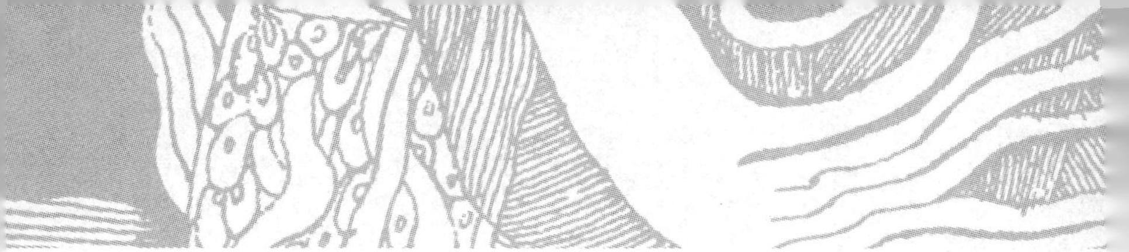

67

在母亲的怀抱
未曾觉出幸福
如今流落他乡
方才尝尽痛苦

68

与我的心上人
若能同路而行
纵然赤着双足
也觉前程似锦

69

喜鹊高声地鸣叫
飞来报喜
我的情人
不请自来

70

我的情人如画般美丽
她送给我一面锦旗
我把它挂在高高的树梢上
园丁啊请你不要追问它的来历

71

暴怒和急躁
扯乱了头鹰的羽毛
诡诈和阴郁
搞得我憔悴而苍老

72

核桃可以砸开吃
桃子可以嚼着吃
今年结出青苹果
实在没有法子吃

73

乞求喇嘛箴言
他也会赐我的
青梅竹马的她
却不吐露半句情话

74

情人若是无情
好似泥菩萨无形
好似购得一匹千里马
却不能骑向天涯

75

白色睡莲的光辉
照亮了整个世界
格萨尔莲花
静静地开放
唯我鹦鹉哥哥
来到你的身旁

76

由它江水奔腾激荡
任它鱼儿跳跃徜徉
我只要龙女措曼吉姆
做我今世不变的新娘

77

江水向下流淌
就像眼泪一样
啼血的杜鹃啊
不必满腹愁肠

78

天上乌云密布
地上刮起狂风
无须莫名心惊
此为人间真景

79

手持白色的弓
准备射哪支箭
心爱的情人
我已恭候在箭囊里面

80

白天美艳养眼
夜晚芳香沁鼻
我心爱的情人
好比一座园林

81

内地运来的茶
拌上糌粑才香
我中意的女人
横竖看着都美

82

你对我的爱情
不要像骏马似的牵引
你对我的恩情
需要像羔羊般地牧放

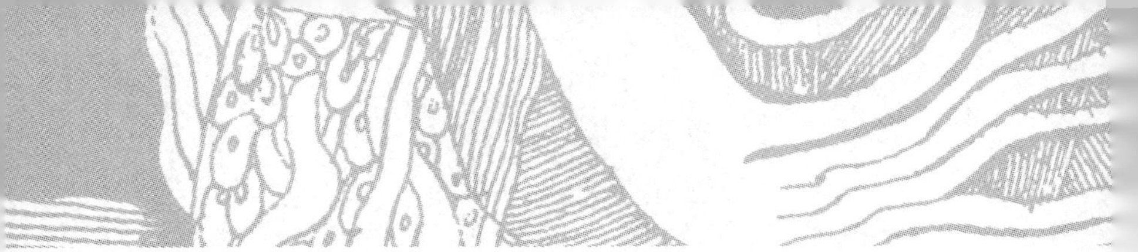

83

那山的神鸟松鸡
与这山的小鸟画眉
命中注定的缘分尽了
——这是一场灾难

84

太阳光照四大洲
绕着须弥山尚能
谦卑地转过身来
我心爱的情人啊
还是一去不回头

85

满渠流水
汇于池中
如果心中确有诚意
请到此饮水

86

从东山上望它
以为是一头麋鹿
来到西山一看
一只跛脚的黄羊

87

人像木船的马头张望
心如旗幡猎猎飘扬
情人啊莫悲伤
你我已被注册在命运簿上

88

柳树已被砍断
画眉却未惊飞
布达拉宫后面青春的欢场啊
我也有权沉醉其间流连忘返

89

为与情人结成眷属
点起了虔诚的高香
从山的左后方
采来了刺柏与神树

90

在山的右侧
拔来无数瞿麦
用之以洗涤
对你我的中伤

91

俏眼如弯弓一样
爱情与利剑相仿
一下就射穿了啊
我这火热的心房

92

在那高高的桃树枝上
开满了人面桃花
桃花啊桃花
请对我发下誓言

93

故乡远在远方

眼前没有爹娘

那也不必悲伤

情人胜似亲娘

比亲娘还亲的情人啊

她在我的心上

94

金色黄蜂的心上

不知道如何想

我青青禾苗的心思

是盼着甘霖骤降

95

因为心中有爱
毛驴比马还快
马儿尚在备鞍
毛驴飞奔向前

96

到处都在相传
恼人的流言蜚语
我只能望着心爱的情人
眼睁睁目送她离去

97

涉水渡河之忧
船夫为你来解
情人远去之愁
谁能为你来解

98

背诵两句经文
竟敢冒充佛子
那学舌的鹦鹉
就敢讲经布道

99

穿上红黄袈裟
如果就成喇嘛
湖上的金黄野鸭
岂不能超度众生？

100

蜂儿生得太早了
花儿开得太迟了
缘浅命薄的情人
相逢实在太晚了

101

我对你心像缠绵的云彩
饱藏着赤诚的爱
你对我心如无情的狂风
一再将云朵吹开

102

心如洁白哈达
纯朴无疵无瑕
你若心有诚意
写在我心上吧

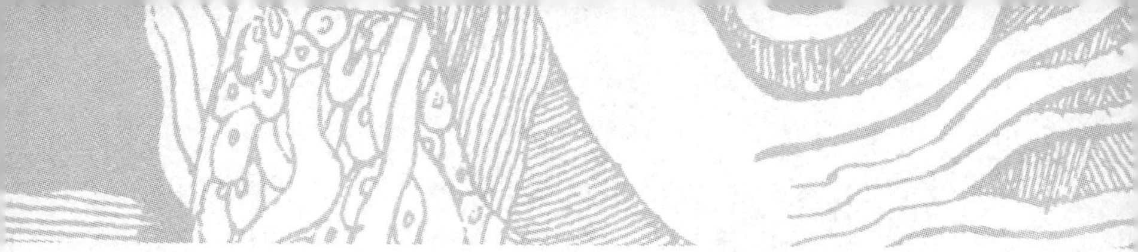

103

大河里的金龟
能将水乳分开
我和你的身心
谁也无法分离

104

风从哪里来
风从故乡来
我的小爱人
风把她捎来

105
达布气候宜人
达布姑娘俊俏
若无无常死神
定能白头偕老

106
白天黑夜的种子
虽是偷偷地播下
果实却隐藏不住
自己在悄悄成熟

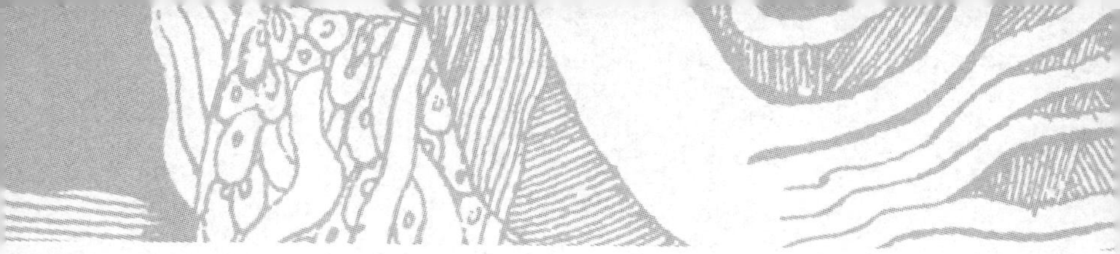

107

河水虽然很深
鱼儿已被钓住
情人近在眼前
心儿却抓不住

108

我与红嘴乌鸦
未遇而人言籍籍
你与鹞子鹰隼
虽聚却并无闲话

109
贪婪而又吝啬
聚敛不义之财
得到爱情之后
爱财结儿打开

110
美人貌比天仙
茶酒享受齐全
与其修炼成仙
不如与她相恋

111

去年种下的庄稼
今年还无法收割
天上的雨露甘霖
请你快降下来吧

112

琼结的柳林深处
美丽的画眉
不会远走高飞
定能够与之相会

113

东方那座大山啊
多高也不在话下
牵挂着我的情人
心像奔驰的骏马

114

玉妥的柳林里
有一只画眉
可愿与鹦鹉结伴
飞到东方去看看

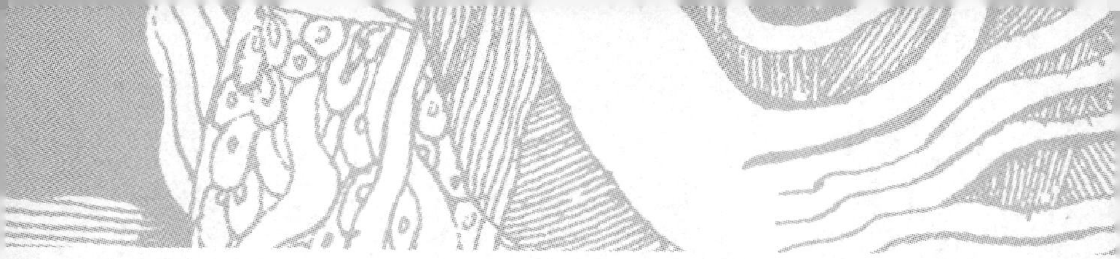

115

翠绿的布谷鸟
你何时去门隅
请给美丽姑娘
带去我的消息

116

送你远去的
是多情的秋波
思念的彼岸
再把你相迎

117

我的双眸
泪雨滂沱
冤家你要心疼
就好好看看我

118

能说会道的鹦鹉
来自于工布
我的心上人
她是否幸福

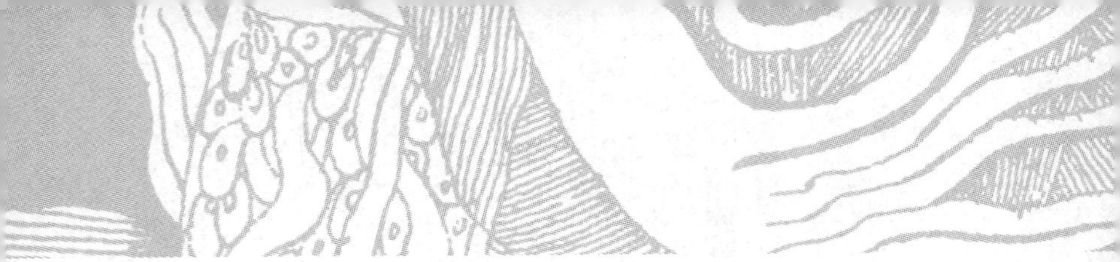

119

杜鹃从门隅飞来
因为思念着神柏
神柏已经变心
杜鹃黯然离去

120

山上的草坝黄了
山下的树叶落了
杜鹃若是燕子
飞向南方好了

121

在那方方的柳林里
住着我的画眉爱人
她的心实在太狠
终结了我们的情分

122

河水缓缓地流淌
让鱼儿胸怀放宽
鱼儿把胸怀放宽
身心都得平安

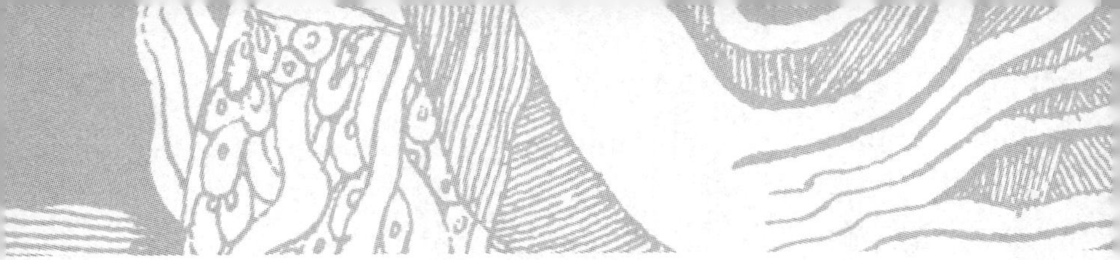

123

从一百棵树里头
挑中了这棵杨柳
少年我无知
树心已腐朽

124

朝那高高的山顶
一步一步地攀登
冰雪融化成水源
在山腰与我相见

125

骏马跑得快了
缰绳拉得晚了
没缘分的情人
知心话说早了

126

情人长得美丽
令我意乱情迷
该要进山修法
一误再误行期

127

情人朝秦暮楚
好似落花残红
纵然千娇百媚
其心全然是空

128

倾诉衷肠之处
在那密林深处
除了画眉鸟儿
不会有人偷听

仓央嘉措秘传

龙仁青 / 文

第一章
具誓护法金刚
坐在十地法界

1681 年。

一个初春的早晨，第五世达赖喇嘛阿旺洛桑嘉措走出寝宫，缓步来到布达拉宫日光殿门口的平台上。这里是整个布达拉宫的最高层，是最受阳光喜欢和青睐的地方。五世达赖凭栏远眺，初升的太阳一如虔诚的佛子，从彤红的霞光中喷薄而出，明亮的阳光就像一条条金色的哈达，和着一腔的热爱和虔诚，簇拥到了五世达赖的身上。五世达赖褐红色的袈裟以及从袈裟的领边、袖口微微露出的黄色的夹袄，在阳光的抚摸下，立时有了灵性，反射出柔和慈悲的佛的光芒。两个侍从站在五世达赖身后，惊异地看着这一情景。

五世达赖微微转过身来，示意两个侍从退下，他想一个人待一会儿。昨夜他做了一个梦，梦中的各种迹象表明，作为观世音的化身，他要暂时离开人间。这个梦的征兆和他身体上的不适是不谋而合的。

太阳升高了一些，日光殿门口的平台上，除了尊贵的五世达赖，剩下的就只有阳光了。沉醉在无比激动和兴奋之中的阳光，一点也没有察觉到自己心目中的活佛比起以往微微有一些异样，它们不顾一切地拥挤在五世达赖的周身，极度膨胀着自己的光亮和热量，使自己由明亮而变得更加明亮，继而变得灼热起来。五世达赖喜欢这样的阳光，在这样的阳光下，他的身体变得舒适一些，只是昨夜的梦令他有些不安，令他不断地想起一些往事。

他开始梳理自己走过的路。在这个温暖的早晨，他从自己纷繁的过往中听到了自己曾经奔忙的脚步声。

1617年，藏历火蛇年，在西藏山南的琼结家族，被誉为“猫眼宝石中的九眼珠”的标致女子贡嘎拉则夫人产下一个男婴。这个男婴还没出生前，有人就预言了他非同一般的一生：那将是奔忙的一生，同时也是辉煌的一生。

这个男婴就是五世达赖阿旺洛桑嘉措。他至今不知道那位伟大的预言家是谁。有时，他想，或许就是那位预言家的预言决定了自己的一生，使自己以一个宗教领袖的身份游走四方，普度众生，又以一位政治首脑的身份昼夜奔忙，运筹帷幄。

大概在3岁的时候，他的父亲——帕木竹巴的宗本霍木都杜饶登给他讲过他出生前的那段故事。60多年了，当年父亲讲这段故事时的音容笑貌依然清晰地在他脑海中闪现，亦如昨夜的梦一样。

“那是一位了不得的高僧！”父亲就这样说着，虔诚的双手紧紧合在胸前，看着儿子仔细聆听的样子，继而又说，“真是一位了不得的高僧啊！”

“是吗，阿爸？”儿子调皮地反问道。

“当然啦！”父亲说，“那时你的母亲才怀胎两个月，我就把这位高僧请到了家里，请他为将要出世的你打卦。”

“结果怎么样？”儿子问道。

“结果呀，”父亲一边抚摸着自己的胡须一边说，“这位鹤发白须的高僧用一只神奇的木碗为你打卦，当卦象被验证后，他惊讶得半天说不出话来。”

“那为什么呢？”

“他告诉我，”父亲说，“他从木碗的清水里，看到两个重叠的影子，一个影子是头戴黄帽、万人景仰的格鲁派活佛，而另一个影子是手持金印、执掌俗事的尘世之王。”

儿子看着父亲，好像没有明白父亲在说什么。

父亲沉浸在美好的回忆之中，并没有在意儿子的反应，他继续说："那位高僧对我说，'你未来的孩子不是老虎也不是狮子，但他说出话来，连老虎和狮子都要听！'"

"那什么样的人说出话来连老虎和狮子都要听呢？"儿子反问道。

父亲愣住了，他从来没有考虑过这个问题，不知道给儿子怎么回答。

"就是我这样的人！"就在父亲语塞的时候，儿子大声回答了自己提出的问题，一边回答，一边把双手叉在腰上，做出威武雄壮的样子。

父亲惊讶地看着儿子，他感到了儿子的非同小可，想起儿子出生的那个早晨……

那可是一个吉祥的早晨啊！红日东升，晴空万里，伴随着儿子降世的哭声，祥云聚集，甘霖普降；不大一会儿，雨住云散，太阳再次破云而出，此刻，却有一轮明月挂在天边，一幅日月同辉的吉祥景象，就这样出现在了山南琼结的大地上。

……

太阳又升高了许多，日光殿上的阳光依然是激情四射。在这样的阳光下，五世达赖阿旺洛桑嘉措陷入了深深的怀想之中，两位侍从从一侧的小门走出来，不安地看着活佛,却不敢上前。

活佛似乎感觉到了侍从的不安，他回头看看他们，转过身来,迈着缓缓的步伐,走进了寝宫,两位侍从互相对视着,无声地笑了。

进了寝宫，在床榻一侧，整齐地摆放着厚厚一叠用黄色绸缎包裹着的佛经典籍,这是五世达赖这几年来陆续完成的著作:《西藏王臣记》、《菩提道次第广论》,以及《引导大悲次提论》等。

活佛随手拿起一部典籍，却无心读下去，他想起6岁时自己被认定为达赖喇嘛转世灵童,被迎请到哲蚌寺供养的情景。在一个孩童的眼里,场面是那样地隆重、庄严、气势宏大,但他并不知道,从此他就远离了天真烂漫、无忧无虑的童年时光,进入了艰辛的苦学和修行。尽管如此，这段经历比起他日后所经历的那些惊心动魄、你死我活的斗争,依然是温馨快乐的,他不愿去想那些事,他在心里悄悄地对自己说,还是想一些美好的事情吧。

在西藏拉萨的红山顶上修建布达拉宫，这在他的一生中是极为重要,也是极为美好的事情之一。

布达拉宫是西藏历代达赖喇嘛的住锡宫，建于7世纪,距今已有1300多年的历史,是西藏现存最大最完整的古代宫堡建筑群，属国家重点文物保护单位。1994 年被联合国教科文组织列入世界文化遗产。

7 世纪初，松赞干布继承赞普位后，以其雄才大略进行了一系列部落兼并战争，逐步统一了西藏地区，建立了强盛的吐蕃奴隶制政权。663 年吐蕃迁都拉萨（史称“逻些”）后，松赞干布便同唐王朝缔结姻缘。641 年文成公主嫁到西藏，松赞干布“乃为公主筑一城以夸后世”。

传说当时筑有每边长 1 里的高大城墙，在红山上修建了 999 间房子，连同山顶红楼共 1000 间。建成的王宫遍饰宝物，富丽堂皇。后来的佛教徒将其比为第二殊境“普陀山”，因而命名为“布达拉宫”。布达拉宫就是“普陀山”的音译，意思是观世音菩萨的住处。此后，由于雷电、火灾、兵乱等天灾人祸，红山顶上只剩下了松赞干布时期修建的一座宫殿的废墟，据说这座宫殿曾经也是富丽一时，是松赞干布为迎娶尼泊尔公主而修建的。五世达赖就在这被毁宫堡和遗址上实施了他重新修建布达拉宫的宏伟计划。

1642 年，第五世达赖喇嘛阿旺洛桑嘉措得到蒙古固始汗的武力扶持，建立起噶丹颇章地方政权，拉萨再度成为西藏的政治中心。第五世达赖执掌政教大权后，即于 1645 年开始重建布达拉宫，他和当时担任摄政之职的索朗热登一起开始修建布达拉宫的白宫部分。1652年五世达赖去北京觐见清顺治皇帝，次年受到册封，此时白宫顺利竣工，好事连连，五世达赖就把这一切看成是一种祥瑞之兆，从哲蚌寺的噶丹颇章移居布达拉宫。1682年五世达赖圆寂后，第斯桑结嘉措便在布达拉宫正中拆除部分旧房修建红宫和灵塔。修建红宫时动用各类工匠7000余人，耗银2134万两。康熙皇帝专门派了1141名汉、满族工匠进藏参加建筑，尼泊尔也派了一些工匠援助修建。宫殿于1693年完工，是年藏历四月二十日举行了隆重的落成典礼，并在宫前立无字石碑以示纪念。从17世纪中叶至20世纪50年代末以前，布达拉宫一直作为历代达赖喇嘛生活起居和从事政治活动的场所，是西藏政教合一的统治权力中心。

布达拉宫起基于红山南侧山腰，依山势修筑到山顶。其主体建筑由大小经堂、灵塔殿、佛殿、卧室、经学院、僧舍等组成；东西长360米，南北宽约140米，建筑面积13万平方米，加上山前城郭以内和山后龙王潭（藏语称“鲁康”，是拉萨著名的园林建筑）范围，占地面积达41万平方米。宫前城郭，即现称为“雪”的地方：北面依山，其余三面围以高大的城墙（高6米、底宽4.4米、顶宽2.8米），顶部外侧砌女儿墙。南城墙正中为3层石砌城门楼，门内有石砌影壁，行人可绕影壁两侧进出。城郭东南、西南拐角有角楼，东、西城墙中段有侧门楼。城内建筑除部分居民住房外，大部分为布达拉宫所属的办事机构、印经院、监狱、仓库、马厩、各种作坊等。布达拉宫外观13层，最高层达117.19米。宫墙系花岗石砌筑，最厚处达 5 米，墙基深入山体岩层，部分墙体的夹层内还灌注了铁汁，以增强建筑的整体性和抗震能力。建筑充分利用地形和空间，分层合筑，层层套接，错综复杂。白宫外墙刷白色，红宫外墙刷赭红色。红宫中央采用上下7层贯通的竖向大窗格，与其余部分和白宫的较小窗户以及细狭的通气窗形成强烈的对比。坚实厚重的石墙与金顶相结合，使建筑形体高低错落，造型雄伟庄重，形成明暗、虚实和色彩上的对比，突出了中心主体建筑，达到了高度和谐统一。

布达拉宫正面山下沿“之”字形铺成的阶梯通道蜿蜒而上，阶梯最宽处达10余米，可通往东、西大门。东大门称“平措多朗”，是入宫主要通道，入口门庭有4根“亚”字形红色雕花木柱，两壁绘大幅四大天王像，门楣饰一排狮座雕像。进入大门后通过阶梯式幽暗的复道，可直达白宫正门外的大平台“德阳厦”，地面用“阿嘎土”（藏族特有的建筑材料）夯筑，光洁平整。这里是喜庆节日专供达赖喇嘛及高级僧俗官员赏玩歌舞、跳神表演的场所。德阳厦南北两面有回廊，东西的楼房是1749年创办的僧官学校旧址，学校专门为噶厦政府培养中级僧官（孜仲），一向由山南敏珠林寺选派精通历史、佛学、藏文和历算的高僧任教师。白宫大门门厅有四根“亚”字形大木柱，柱体雕画繁丽。门厅四周遍绘壁画：有7世纪修建大昭寺时的场面，有7世纪布达拉宫的规模和唐皇五试婚使、文成公主进藏的故事画面等；南壁上还写有盖着第五世达赖手掌印的诰令，明令第斯桑结嘉措代行其权。

布达拉宫的主体建筑，就其功能主要分两大部分：一是白宫，为达赖喇嘛生活起居和政治活动的地方；二是红宫，为历代达赖的灵塔殿和各类佛殿。红宫居中，白宫横贯两翼，红白相间，群楼重叠，其外观具有宫殿与寺庙的双重特点。在宫殿的顶端排列着6个各具风格的金顶；四角鳌突，兽吻飞檐；屋面包以鎏金筒瓦，屋脊饰以镀金共命鸟和塔式宝瓶等，加上一排排金色的经幢，金光闪闪，格外壮丽。

第一部分主要集中在白宫。措钦厦（东大殿）为白宫内最大的殿堂，建于17世纪中叶，用44柱建成，是达赖喇嘛举行坐床（即登位）、亲政大典等重大宗教、政治活动的场所；达赖宝座在殿堂北部，宝座上方悬挂“振锡绥疆”大匾，匾上有“同治御笔之宝”的红色玺印；大殿东壁绘有金城公主进藏的故事壁画。白宫之巅有两套寝宫，终日阳光朗照，俗称“东、西日光殿”。

第二部分主要集中在红宫，主体建筑是历代达赖的灵塔殿，其中以第五世达赖阿旺洛桑嘉措的灵塔殿最为考究。第五世达赖灵塔居中，是建造最早、规模最大、装饰最豪华的一座，建于1690年，高14.85米，为方座圆身，分塔座、塔瓶、塔刹三部分。达赖的遗体用香料、红花等保存在塔瓶内。塔瓶、塔座用金皮包裹，共耗黄金11万余两，并镶嵌1500余颗金刚钻石、红绿宝石、翡翠、珍珠、玛瑙等珍宝。殿内有16根粗壮高大的方木柱，柱下以大斗承托双层小斗，梁头斗拱精雕细刻，沥粉描花；顶棚悬挂帏幔和华盖；塔前陈设金灯金碗、明清珐琅瓷器、各式法器祭器等；殿上冠以金顶，光彩夺目，富丽堂皇。司西平措(西大殿)是第五世达赖灵塔殿的享堂，建筑面积680平方米，由48根方柱组成，净高6米余。该殿是红宫中最大的殿堂，其方柱和斗拱、梁枋饰有彩画或镂空雕刻佛像、狮、象和各种植物纹样等图案。门楣上部、殿堂四周及内院回廊遍绘壁画，其中有第五世达赖生平活动的壁画，特别是1652年第五世达赖喇嘛去北京觐见顺治皇帝的场面在画面中占显要位置，是极其珍贵的历史资料。

红宫的最高殿堂是三界兴盛殿（萨松朗杰），建于1690年。殿内正中供奉着康熙皇帝的长生禄位，上面有藏、汉、满、蒙古四种文字的“当今皇帝万岁万万岁”几个金字；在长生禄位的后面，是一幅乾隆皇帝的画像。每逢藏历新年，达赖喇嘛要向禄位和画像进行朝拜。三界兴盛殿的西侧是仍乐宫（本丹吉），亦建于1690年，第六世达赖喇嘛仓央嘉措曾将此作为经堂。其北部设有经台和达赖宝座。四周佛橱中供有大小无量寿佛1000余尊，故又称“长寿佛殿”。

布达拉宫的大小殿堂，门厅、回廊遍布壁画，画面生动，题材丰富，色彩艳丽。其中以西大殿（司西平措）二楼壁画廊最为突出，所绘698幅壁画是前后藏400余名画师精心绘制的。特别引人注目的是17世纪重建布达拉宫时的画面，壁画中可以看到大批工匠在砌筑墙基，许多人抬着巨大的木、石负重前行，运送石料、木材的牛皮船在湍急的拉萨河中前行，还有工匠在冶炼、加工、镀金等。壁画中还有反映藏族人民生活的题材，譬如骑射、角力、游泳、奏乐、舞蹈、农耕、狩猎、舟渡等，人物形象栩栩如生，富有浓厚的生活气息。

那时候，第五世达赖阿旺洛桑嘉措已经是个“说出话来连老虎和狮子都要听的人”了，由他主持的噶丹颇章地方政权已经建立，并且与清朝皇帝取得了联系。

依山而建的布达拉宫刚刚拔地而起，清朝皇帝顺治就率军入关，定都北京，明朝灭亡了，五世达赖为自己在政治上敏锐的洞察力感到骄傲。

为什么不感到骄傲呢，满洲王朝还在东北的时候，他就预感到了明王朝气数已尽。记得有一次，他和他的尊师——四世班禅罗桑却吉坚赞及西藏王固始汗一起闲聊，他半开玩笑半认真地说：“老了的太阳快要落山了，新的太阳就要升起了。”

四世班禅和固始汗听了，都不约而同地笑了。那一天他们经过商议，选派一位大喇嘛前往满洲。这位大喇嘛到了满洲后，皇太极亲率王公大臣出怀远门迎接，并且举行了盛大的欢迎仪式，皇太极还率众拜天，行三跪九叩之礼。那是何等的气派啊！

清王朝入关的第二年，顺治皇帝就遣使来到西藏，迎请五世达赖和四世班禅前往北京会晤。

五世达赖斜靠在床榻上，放下拿在手上的一部典籍，又顺手拿起另一部。这是他潜心写就的《西藏王臣记》，在这部书里，他着重记录了这片雪山环绕的土地上，那些圣明国王以及高僧大德的丰功伟绩。他手持厚厚的藏式长条典籍，书中那些浩繁的故事便开始在他的眼前飞速闪烁，他感念着前人的恩典，重新进入了回忆，他想起了他带着 3000 人马浩浩荡荡赴京朝见皇上的那段往事。

第二章

刻在心头的图画
想擦也不会擦掉

1643 年，皇太极去世。

皇太极弥留之际，把他的儿子福临唤到床榻边，然后示意左右人等退下。当硕大的寝宫里只剩下他们父子的时候，他让跪在床榻前的儿子站起来，紧靠自己坐在床榻上。他抓着儿子的手，看着儿子英气逼人的脸，心里忽然有一种平和、安逸的感觉，自从病卧床榻以来，他第一次有这种感觉。多少次，在这个病床上，他从城池失陷的噩梦中惊醒；多少次，他寝食不安，为他身后的江山社稷感到焦虑。

皇太极和儿子福临开始了一次彻夜长谈。病中的皇太极气色很好，谈兴极浓。那个晚上，灯火照耀下的寝宫成了父亲给儿子谆谆善诱的课堂，那些远古的寓言一样极有象征性和说服力的故事，父亲讲得绘声绘色，儿子惊讶于父亲的博学和口才，惊讶于父亲思路的敏捷，他正襟危坐，仔细聆听着那些听过无数遍，却是第一次听懂了的故事。在这个晚上，父亲口若悬河，信手拈来，神话、传说、趣闻、轶事……历史的烟云在父亲的舌尖上翻腾。

父亲提到了远在西藏的两位人间活佛：第五世达赖喇嘛阿旺洛桑嘉措、第四世班禅罗桑却吉坚赞。

“他们不是遣使来过这里吗？”福临问父亲。

“是啊，”父亲说，“你知道朕为什么会盛情款待西藏使团的客人吗？”

“请父皇赐教。”福临谦虚地说。

父亲一边回忆，一边说：“得到西藏使团前来朝见的消息，朕率众亲王、贝勒、大臣等，往怀远门迎接，并率众拜天，行三跪九叩之礼。

“入城后，朕亲往使团下榻处看望，朝见时，朕立而接受使团伊拉固克三带来的五世达赖喇嘛信件。

“使团伊拉固克三一行在盛京停留八个月，朕在崇政殿赐宴，又命八旗诸王和各位贝勒轮流宴请，五日一次，盛情款待。

“西藏使团返藏之时，朕向伊拉固克三等人赐银器、绸缎、朝衣等。启程那天，朕再率诸王、贝勒等将西藏使团送至演武场，设宴饯行，并派使与使团一同前往西藏。”

福临听着父亲的讲述，也想起了迎接和宴请西藏使团的那些宏大场面……

清崇德四年(1639年)十月，太宗皇太极就遣使致书与西藏的汗和“掌佛教大喇嘛”。信中说：“朕不忍古来经典泯灭不传，故特遣使延致高僧，宣扬佛法，利益众生。”表达了慕名聘请之意。同时期，和硕特部落的首领固始汗料定在东北兴起的强大的清朝将代替日渐衰败的明朝，便联络达赖、班禅及藏巴汗，共同遣使朝贡。使者伊拉固克三、胡土克图等，历经千辛万苦，“自人迹不至之区，经仇敌之国，阅数年”，终于崇德七年(1642年)十月抵达盛京(今辽宁沈阳)。太宗予以优礼，亲率诸王贝勒大臣出怀远门迎接。伊拉固克三、胡土克图等朝见皇太极，并以达赖喇嘛等书信进上，书中称太宗为曼殊师利大皇帝。曼殊者，即汉语“妙吉祥”。皇太极起迎，立受书，设座于榻右，命使者坐，赐茶，大宴于崇政殿。为了迎接来自雪域西藏的这个特殊的使团，皇太极还在盛京修建了第一座黄教寺庙“实胜寺”。

翌年，使者回藏，太宗赐以金银珠宝遣使同往，并致书达赖喇嘛说：“大清国宽温仁圣皇帝致书于大金刚达赖喇嘛。今承喇嘛有拯济众生之念，欲兴扶佛法，遣使通书，朕心甚悦，兹特恭候安吉……”

福临深知父亲的良苦用心：达赖和班禅在宗教上的势力和威信，不仅在西藏，在蒙古人和满族人中，同样声名显赫，这对于一个心怀一统江山大业的皇帝来说是何等地重要。

雄心勃勃的父亲，终于没有完成入主中原取代明王朝的伟业，怀着遗憾撒手人寰，在悲切中即位的福临，大举入关，占领了北京。

福临即位，是为顺治皇帝。

顺治皇帝记住了父皇的谆谆教导，在他即位的当年，就派遣官员进藏，邀请五世达赖进京。

而此时的五世达赖，却不急于与中原王朝往来，因为他知道，此刻如果急于求成，反而会失了自己的威仪，他只是向顺治皇帝奉书致贺，并未应召。

顺治皇帝有些气急败坏，但又不甘心就此罢休，他又先后三次派人进藏，敦促五世达赖进京。

1652 年，顺治皇帝再一次派来了使者，敦请五世达赖和四世班禅前往北京与顺治皇帝会晤。这一次，皇帝派来的是恰噶喇嘛和喜饶喇嘛，足见皇上对这次会晤的重视。

五世达赖和四世班禅会见了皇帝的使者，他们也被皇帝的诚心打动了。

“到时候了，应该去了。”四世班禅作为为五世达赖受沙弥戒的上师，对五世达赖劝道。

“活佛说得极是。”两位使者附和着。

五世达赖没有说话，他梳理着整个事情的前因后果，分析着事情发展的走向，他的目光缓缓地从在座的每个人脸上划过，最后停留在当时担任摄政之职的第斯索朗热登身上。

索朗热登知道活佛是在征求他的意见，便无声地点了点头。

“那就这么定了吧。”五世达赖说，“进京朝觐的时间另议。”说着，向四世班禅看去。

四世班禅微微点着头，对五世达赖作出的决定表示赞同，同时他又说：“这次进京，只有你一个人去了，我年迈体衰，怕是受不了一路的劳顿和颠簸。”

“这如何使得。”五世达赖说，“皇上可是请咱们一同前往啊！”

这时，第斯索朗热登说话了，他说：“我看，班禅活佛说得极是。活佛已是80高龄，从拉萨到北京，少说也要走一年半载的，一路上少不了风餐露宿，怕是对活佛的佛体不利。”

经过一番讨论，由五世达赖率团进京的事便确定了下来。

1652年春季，五世达赖率领一个有3000余人的朝清使团离开了拉萨。他们启程的消息传到北京紫禁城，顺治皇帝喜出望外，他立即派内务大臣霞古达热康前往青海迎接，并宣诏：达赖喇嘛一行一路费用等均由国库拨给。

九月十五日，朝清使团浩浩荡荡抵达宁夏，顺治皇帝派人送来礼物，并赏五世达赖喇嘛乘坐金顶黄轿入都。

十一月初二，朝清使团离北京城越来越近了，顺治皇帝派人迎接达赖喇嘛，并要求他先行轻装进京。皇帝想尽快见到这位人间活佛，同时整个皇宫和文武百官却有些不安：这么大的一位活佛来访，应该以什么方式迎接？这个看似简单的问题，一下成了令皇上和王公大臣们不知所措的事情。

皇上几次召见文武百官，但官员们每次都是各抒己见，说法不一，这令顺治皇帝更加头疼。

这天一早，顺治皇帝早朝，再次召见文武百官，商议迎接达赖喇嘛之事。

像往常一样，大臣们又开始争吵了，他们的意见有两种：一是，皇上应该出京远迎；二是，皇上是天子之尊，不能出京远迎。

主张出京远迎的大臣们奏道:“请而不往,恐于理未当。”他们认为当时的厄鲁特、廓尔喀等蒙古诸部还没有归顺,如果皇上出京远迎,这些部落“必从之而来,大有裨益”。

主张不应该出京远迎的大臣们奏道:“皇上乃天下国家之主,不当往迎达赖,可从诸王中遣一人代迎。”

在大臣们的争吵声中,早朝结束,如何迎接已经到了北京城外的五世达赖喇嘛,依然悬而未决。

最后,清朝王室做出了一个巧妙的安排。

十二月十六日,顺治皇帝穿上了只有出猎时才穿的轻便的骑士服,带着一干人马,骑着高头大马前往南苑狩猎场围猎,这也是达赖喇嘛进京的必经之地。当这个来自草原、精于放牧和打猎的民族入主中原后,先祖血液中那种驰骋荒野、游牧狩猎的喜好以遗传的方式保留了下来,狩猎是顺治皇帝最喜欢的事情之一。

当顺治皇帝痴迷于打马围猎之时,他和路经此地的五世达赖喇嘛“不期而遇”了,于是皆大欢喜,皇上与活佛一同往京城赶去。

那些关于出京远迎和不出京远迎的争论,成了可笑的谈资,那些繁琐的朝见礼节,也没有了用场。

当日，顺治皇帝不顾劳顿，就在太和殿设宴，为达赖喇嘛洗尘。一时间，太和殿上歌舞升平，仙乐飘飘；众人面前摆满山珍海味，鸡鸭鱼肉，有满族的烧烤，有汉家的菜肴，美味与丰盛自不必说。欢声笑语中，中原的世俗之王与雪域藏乡的精神领袖侃侃而谈，一段历史佳话从此流传。

顺治当时就为五世达赖从户部拨给供养白银 9 万两，赏赐黄金 550 两、白银 12000 两、绸缎 100 匹，以及珠宝玉器无数。

“谢皇上如此厚爱！”五世达赖双手合十，向顺治皇帝表示深深感谢。

“区区几个银两，只是略表心意，何以言谢！”顺治皇帝很客气。

宴请一直持续到晚上，当太阳西沉，夜幕降临，顺治皇帝起身，双手抱拳对五世达赖说：“一路上多有劳顿，请活佛先行休息。朕已为你修成黄寺一座，日后活佛可在此处安歇。”说着便命人带活佛一行前往黄寺。

五世达赖起身道谢，随人去了黄寺，从此便在黄寺下榻，一直住到次年阴历二月。

1653 年，五世达赖向顺治皇帝提出要返回西藏的请求。他说：“此地水土不宜，身体多病，随从也病，因此请告归。”

顺治皇帝沉思良久，面露不舍之情，但活佛已归心似箭，无法阻拦，所以只好同意五世达赖的请求。

“既然如此，请活佛稍候几日，待朕安顿。”顺治皇帝说。

二月二十七日，顺治皇帝在南苑得寿寺设宴，为达赖喇嘛饯行，并命令和硕承泽亲王率八旗官兵，护送达赖一行。

三月，五世达赖喇嘛抵达内蒙古代噶地方，与他带来的3000随从人马相会，由于气候的原因，他们在蒙古草原又住了两个月之久。

顺治皇帝一直关注着五世达赖一行的行程。达赖喇嘛还没有离开内蒙古代噶地方前，他又派遣礼部尚书觉罗朗丘、埋藩院侍郎席达礼等赶赴代噶，颁给达赖喇嘛满、汉、蒙古、藏四种文字的金册金印，正式册封五世达赖喇嘛为“西天大善自在佛所领天下释教普通瓦赤喇怛达赖喇嘛”。

1653年阴历十月二十四日，五世达赖喇嘛返回西藏，前后历时一年多。在布达拉宫的司西平措大殿，至今保存着一套记载五世达赖一生活动的精美唐卡，其中一幅就惟妙惟肖、形神兼备地描述了清顺治皇帝与五世达赖喇嘛会晤的场面：顺治皇帝双手扶膝，威严地端坐在龙椅上，五世达赖坐在皇帝的右侧，抬首专注地看着皇上，微微扬起的右手好像正在做着手势，给皇上叙述着什么。在他们的下方，依次坐了一排排的朝廷官员和西藏的高僧……整个画面透出一种庄严和亲切的感觉。这段历史就这样凝固成了一幅画，定格在了汉、藏、满、蒙古等人民的心里。

第三章
中央的须弥山啊
请你坚定地耸立

1682 年。

布达拉宫日光殿上的气氛异常凝重。五世达赖喇嘛阿旺洛桑嘉措斜倚在寝宫的床榻上,第斯桑结嘉措站在他的一侧,神色有些不安。

五世达赖从北京回到西藏，他的声威和权势较之以前更为显赫。在他的扶持下,由宗喀巴罗桑扎巴创立的藏传佛教格鲁派得到了空前的发展,当时的藏区,格鲁派寺院已经达到 3477 座,格鲁派僧侣超过了 30 万人。

五世达赖喇嘛一边弘扬格鲁派佛法，一边主持扩建布达拉宫。期间,他还对西藏政府机构进行了进一步完善,对寺院管理及学经制度进行了重新修订,实行了西藏的第一次人口普查,还开创了祈愿大法会以及雪顿节等僧俗共享的节日。一切都是如日中天。

可是一切都如过眼云烟，此刻的达赖喇嘛安详而又宁静。晚年,他不再直接涉足政务,开始一心从事写作,先后完成著作30余卷，而他的意志是通过已经担任摄政之职的第斯桑结嘉措去执行的。

说起这位年轻的摄政，还有一段神秘的历史：清顺治十年(1653年，藏历水蛇年)，桑结嘉措生于拉萨的大贵族仲麦巴家中，父亲叫阿苏，母亲叫布赤佳姆，他的叔叔就曾担任摄政之职。桑结嘉措从小就受到这位位居高层的叔叔的关照，8岁时，就被送进了布达拉宫，得到了五世达赖的直接培育。桑结嘉措天资聪明，加上宫里优越的学习条件，到了20岁左右，他已经是一位十分饱学的青年了。在他23岁那年，时任摄政之职的第斯洛桑图道辞职了，五世达赖便指定由他来接任这个职务。当时，年轻的桑结嘉措还没有得到西藏政教上层的信任和认可，突然被五世达赖任命为摄政之职的继任者，这引起了西藏政教上层的狐疑和猜忌。长期在宫中生活的桑结嘉措，对当时的局势心知肚明，经过对局势的冷静观察和对自身条件的客观分析，他以“年纪尚轻，阅历不够”为由，婉言谢绝了这一任命。3年后，也就是桑结嘉措26岁那一年，担任了3年摄政之职的洛桑金巴又像他的前任一样辞了职，五世达赖再一次指定由桑结嘉措来接任这一要职。为了让自己的这一指定落到实处，他还专门为此颁发了一份文告，在文告上按下自己的手印，并把文告郑重地贴在布达拉宫正门的南墙上。他以这种方式，向西藏各界特别是政教上层介绍了桑结嘉措的才干、学识和能力，公开表示了他对桑结嘉措的赏识，证明桑结嘉措完全能够胜任这一职务。如此，这位 26 岁的青年便于康熙十八年（1679 年）年当上了西藏的摄政之王。

那么，五世达赖为何如此器重这样一位年轻人呢？除了他对桑结嘉措的才干、学识和能力的赏识外，有一则在西藏流传至今的传闻或许也可以看做是一个理由：1652 年(清顺治九年)五世达赖动身进京的前一个日子，当他沿着山间小路从哲蚌寺动身到色拉寺时，路经仲麦巴的府邸，就在府邸里过夜。当夜，仲麦巴的主妇侍寝，次年，这位主妇便生下了桑结嘉措。而在藏文传记里，说这位观音菩萨的化身在那座府第里遗落了一粒珍珠……据说这是西藏写作者惯用的婉辞手法。

这天早上，五世达赖拿起一部经卷，当他熟练地解开拴在上面的皮条，眼前却一片模糊，他似乎明白了什么，想起了去年初春的那个梦。“该来的还是来了。”他在心里对自己说着，便差人把第斯桑结嘉措叫到了身边。

他看着站在他身旁的这位忠心耿耿的臣子，慈爱之情便流露在了脸上。

“时间过得真快。”五世达赖对第斯桑结嘉措说。

“是的，活佛啦。”

“你在我身边已经有几年了？”

“我从来没有离开过您，活佛啦。”

五世达赖并没有细究这句模棱两可的话，他进入了沉思。

第斯桑结嘉措静静地守候着，不敢离开，也没有说话。寝宫里显得异常安静。

半晌，五世达赖突然说话了。

“我今天叫你来，是有要事相托。”

“请您吩咐，活佛啦。”

五世达赖再次看看自己的这位部下，声音低沉地说：“我将离开人世！”

“活佛啦，您……”第斯桑结嘉措大吃一惊，急忙跪下来。

五世达赖看着第斯桑结嘉措，无声地笑了。

“这是正常之事。”五世达赖说，“你起来与我说话。”

第斯桑结嘉措站起来，身体却颤抖不已。

五世达赖微微欠起身子，示意侍从为第斯桑结嘉措斟一碗茶，等第斯的情绪有所平静，五世达赖说道：“我也是暂时离开，这并不值得悲伤，只是我离开后，心里有一些未了之事，需要你替我完成。”

“请活佛吩咐。”

“我住在这日光殿之上，每天在阳光的簇拥下生活，这是幸福的事情。”五世达赖说。

“您说得不错，活佛啦。”

“只是整个布达拉的扩建和修缮尚未完成，这事就要你费心了。”

“遵命，活佛啦。”

“此事你要牢记在心。”五世达赖看看第斯，又语重心长地说。

“请活佛放心就是。”

“除此之外，还有一事相托。”

“请活佛明示。”

五世达赖却没有再说什么。他看看第斯桑结嘉措，说：“我有些困顿，想休息一会儿，你先下去吧。”

“是！”第斯桑结嘉措转身向门外走去。

“我还将回到人间。”五世达赖忽然说道，声音显得悠远而又神秘。

几天后，五世达赖阿旺洛桑嘉措圆寂了，雪山环抱的土地一下子被黑暗笼罩，悲切的乌云低低地压在山头。可怜雪域的人们，却不知道自己心目中的太阳已经跌落，滚滚尘世中，似乎一切都没有改变。那一天是清康熙二十一年(1682年，藏历水狗年)的二月二十五日。

五世达赖的一生，处在一个险象环生、争权夺势的时代，那时的西藏，也是一个风云变幻的多事之秋。

由宗喀巴罗桑扎巴创立的藏传佛教格鲁派，虽然借助和硕特蒙古首领固始汗的强大军事力量推翻了敌对派噶玛王朝，建立了以格鲁派为主体的噶丹颇章王朝，但是，固始汗在消灭了噶玛王朝之后，并没有离开拉萨，还留下了八个旗的蒙古军队驻扎于西藏。同时，他还掌握了西藏地方政府中高级官吏的任命权。所以，当时的西藏，在事实上形成了蒙古汗王与格鲁派领袖联合统治的局面。

与此同时，刚刚入主中原的清王朝忙于巩固政权和稳定时局，无力顾及西藏，只好对既成事实予以默认与许可，并于1653年分别对五世达赖和固始汗正式进行册封，确立了五世达赖在西藏的宗教领袖地位和固始汗在西藏的政治领袖地位，如此，这个被五世达赖请来的客人，反客为主成了西藏的主人。不仅如此，掌握了强大兵权的固始汗部族，已经威胁到噶丹颇章的政权稳固，噶丹颇章与和硕特蒙古部族之间的权力之争一直延续着，并且日趋激烈。

为了摆脱和硕特蒙古汗王对西藏的控制，到了第斯桑结嘉措担任摄政之职的时代，他竭力同蒙古准噶尔部噶尔丹建立密切的关系，企图借助噶尔丹的军事力量来牵制和驱逐和硕特蒙古在西藏的势力。康熙皇帝对他与噶尔丹的交往一直耿耿于怀，这也就为他以后的政治命运埋下了祸根，并直接影响了西藏历史的发展进程。

五世达赖作为藏传佛教的领袖，在西藏和蒙古各部落拥有广泛的信众，这样，在西藏上层与和硕特蒙古部族之间的权力之争中，以五世达赖为代表的西藏上层总是占着上风，而如今，五世达赖圆寂了，权力的天平上一下失去了最具分量的一个筹码。

一向沉稳大度、遇事不乱的第斯桑结嘉措这一刻乱了方寸。

在日光殿前方的平台上，第斯桑结嘉措不知所措地来回走动着，他的脑子里一片空白，他不敢朝着五世达赖寝宫的方向多看一眼，活佛离开人间的悲痛此刻却被慌乱和心跳所代替，一个念头不断地撞击着他的内心深处，他不断地问自己："我该怎么办？我该怎么办？"

失去理智的疯狂终于让第斯桑结嘉措产生了一个大胆的想法：不能让人们知道活佛已经圆寂的消息，就连中原的皇帝也不能知道！

这个大胆的想法一经产生，第斯桑结嘉措自己也被吓了一跳，但一切迹象表明，这可能是他惟一的办法，若不如此，他是无法控制当时的西藏局势的。

于是一场阴谋就这样开始了。第斯桑结嘉措首先想到的是，马上要给坐化的五世达赖找一个替身。

说来也巧，还是在五世达赖在世的时候，多麦地区某寺院的几个僧人到拉萨朝佛，其中有一个僧人外形酷似五世达赖，当他们在八廓街围着大昭寺转经的时候，被第斯桑结嘉措的一个手下碰见。当这个僧人从这位手下眼前走过，手下惊得差点跪下来，等回过神来，僧人已经走远，手下急忙跑到第斯桑结嘉措处，把前后经过给第斯说了一遍。当时，第斯并没在意，而此刻，他想起了这件事。

第斯桑结嘉措慢慢镇定下来，急急往自己的公馆赶去。到了公馆刚刚坐下，他就把那位手下找来了。

“多麦来的那几个僧人离开拉萨了吗？”手下刚刚进屋，他就没头没脑地问。

手下被问得丈二和尚摸不着头脑，愣愣地看着第斯，怯怯地问：“大人，您说什么？”

“你不是说，有个僧人长得与五世达赖活佛相似吗？”

手下这才想起曾经见过的那个僧人，急忙问："是的，大人，怎么了？"

"你估计他们离开拉萨了吗？"

手下想了想说："这个不好说。"

"不论离没离开拉萨，你想尽一切办法，要把他找来！"第斯桑结嘉措站起身来，严肃地对手下说，"这关系到你我今后的生死！"

第斯的严肃使手下从中感觉到了什么，他马上说："一定照办！"

五世达赖圆寂的事，只有第斯和另外两个人知道，第斯让这两个人在他面前指天赌咒，要把活佛圆寂的事守口如瓶，保密到底。同时，他发布了一项声明：五世达赖喇嘛入定修行，静居高阁，不接见任何来人，一切事务均由他负责。

虽说隐瞒了活佛圆寂的事，但不能因此而耽搁了活佛灵童转世之事。第斯桑结嘉措秘密找来曲吉卡热巴·多伦多吉、多巴·索朗查巴二人，向他们阐明了事情的前因后果，在他们惊愕而又悲切的感叹声中，授给他们前世活佛的佛珠等日常用具，示意他们秘密寻访五世达赖转世灵童。1685 年 6 月，曲吉卡热巴·多伦多吉等人从拉萨出发，开始了他们的秘密历程。

第斯桑结嘉措秘不发丧，一边为五世达赖修建灵塔，一边秘密地开始寻访活佛转世灵童，布达拉宫的扩建和修缮工作也没有停下来。

昼夜交替，日复一日，好像什么也没有发生。

第四章
珍宝在自己手里
没觉出它的稀奇

秉此殊业者，
将于向巴雪山西南隅，
降生成为众生主，
执掌圣教护苍生。

这首诗出自日增戴达岭巴所著的《霹雳岩无上甚深精义》一书，它清楚地预言了五世达赖喇嘛的转世灵童将要诞生的方位，即向巴雪山西南隅——美丽的门隅。

有关秘籍是这样描述这块土地的：这里是乌仗那第二佛祖莲花生大师曾经加持过的宝地，这里遍布秘籍宝藏，与边地坎巴顶相毗邻，年稔谷粮 13 种，林木瑞草花果数不清。

门隅，这里是金刚女神多吉帕姆的化身，女神面对苍穹，仰卧在一朵盛开的莲花中，葱茏茂密的林木是女神隽永清丽的秀发，一条条欢快的溪流是女神的生命在汩汩流动。

五世达赖喇嘛的转世灵童将吸取这片宝地的灵气，降生人间。

骄傲所生战乱日，
心生厌离皈教法。
莲花生大师幻化身，
有缘生于水界癸亥年，
教主乌金岭巴将临世。

这首诗出自伏藏著作《鬼神遗教》，它预示的是六世达赖喇嘛出生的年份：癸亥年。

1683年的一个早晨。

这一天，蓝天如洗，万里无云，7轮红日当空升起，照亮了门隅大地，灿烂的阳光把山川和河流渲染成了金黄色，一时间，门隅大地遍地金黄，流光溢彩，每一条河流都是流金的河流。这奇异的天相让人们震惊，但安逸和幸福却充满每一个人的心。

在许多藏文典籍里，都记载和描述了仓央嘉措出生时的一些奇异征兆。据《金穗》载，仓央嘉措诞生时，“有许多穿戴华丽宝石的神男神女展现在天幕之上，并显现出身着披风和头戴通人冠的众多喇嘛给新生的孩子进行沐浴的景象。孩童刚出生落地，大地便震撼三次，一时间雷声隆隆，风散花雨，枝绽花蕾，树生叶芽，7轮朝阳同时升起，彩虹罩屋”。

就在这样一个奇异而又吉祥的日子里，正直坚毅、贤能聪慧的扎西丹增因为妻子要分娩，没有出门。他仪态端庄、具备佛母 32 种功德的妻子次旺拉姆，果然生下了一个结实可爱的孩子。

扎西丹增笃信藏传佛教宁玛派，在这样一个吉祥的日子里，他喜得贵子，自然是高兴得不得了，幸福和喜悦写在了他的脸上。

孩子慢慢长大，纯朴、天真、自然。

有一天，这个聪慧的孩子正在放牛，远远的村道上走来了几个僧侣装束的人，他们褐红色的袈裟在蓝天碧野间款款跳动，显得鲜亮而富有动感。男孩看着他们，心里有一种似乎是在等待他们一样的感觉。果然，这几个僧人朝着他家走去了。男孩有些奇怪，便把几头牛赶到一块水草丰美的地方，急急赶回家。

几个僧人正在与他的阿妈聊天，他推门而入，僧人们都回头看他，其中一个老僧慈祥地笑着，走过来对他说：“你好吗？”

“我很好！”男孩回答道。

这位老僧就是曲吉卡热巴·多伦多吉，坐在他一旁的则是多巴·索朗查巴。

两位老僧决定采用辨认前世喇嘛用具的方法来确定“转世灵童”。他们在居室内进行了一系列佛事活动，上供下施，对护法神唐坚嘉措举行恕衍请愿仪式，然后让男孩就座，对他进行洗漱洁身，又把一些特别的加持物放入孩子的口中。男孩坐姿端庄凝重，并露出兴奋的情态。曲吉卡热巴·多伦多吉和多巴·索朗查巴对男孩说：“我俩是你的仆人，你想着谁，就坐到谁的怀抱里去吧！”男孩毫不迟疑地坐到了曲吉的怀中。

这时，坐在另一侧的宗本甲亚巴拿出两幅画有宗喀巴大师和殊胜尊者五世达赖肖像的唐卡，问男孩：“你认识他们吗？”孩童看着五世达赖的唐卡，指着自己的鼻子说：“我！”他还辨认出五世达赖用过的一支镇邪橛，拿到手上说：“这是我的！”

如此这般的测试整整进行了7天，每一次，男孩都会准确无误地指认出他的前世用过的物品，不仅如此，每次进餐时，他总要先敬神灵，然后才自己用餐，抓糌粑的姿势也同五世达赖一模一样，这使得前去辨认的两位老僧百感交集，惊喜不已。

几天后，这几位僧人又来到了他家，这回他们带来了许多东西：有一尊祜佑神像，还有净水、茶叶和精细的糌粑。

还是那位叫曲吉卡热巴·多伦多吉的老僧，见了那个男孩，他就慈祥地笑着走了过来，把一条红色的护身结系到了男孩的脖子上。

护身结刚刚系好，男孩就感到一股暖流从他的头部传遍了全身，阳光下，护身结光彩夺目，熠熠生辉。

从那一天开始，一直到此后的好几年里，曲吉卡热巴·多伦多吉和多巴·索朗查巴每年都要来看望这个聪慧的小男孩，给他带来各种各样丰厚的礼物。

清新的大自然，给了这个男孩清新的性格。在美丽的门隅，小男孩无忧无虑地成长着。1689 年，小男孩 6 岁，他的父亲不幸去世，他小小的心灵，第一次承受了失去亲人的痛苦。可怜他的母亲，带着他和他的姐姐，从此相依为命，艰难度日。父亲一直到去世，也不知道自己的孩子已经被认定为五世达赖喇嘛的转世灵童。

而此时，第斯桑结嘉措从隐瞒实情、秘不发丧的恐惧与紧张中走了出来，一切都像他预想的那样发展着，与和硕特部落的权力之争，他似乎还占着上风。固始汗死后，先后继任的两个儿子对政治漠不关心，这让他感到放心。他还借用五世达赖的名义，到北京进贡，并致书康熙皇帝，乞求赐封，康熙皇帝还授予他“长瓦赤喇怛喇达赖喇嘛教弘宣佛法王布忒达阿白迪之印”。

但有时候，他会忽然感到惶惶不安，因为隐瞒活佛圆寂之事，说不定哪一天就会败露；转世灵童虽然已经秘密认定，但如此长时间地置于村野，会荒废和耽搁了他的学业。为了能够让这个聪慧的男孩像他的前世活佛一样，从小就有一个修习教法的机会，第斯桑结嘉措煞费苦心。

他秘密安排几位道行高尚、知识渊博的高僧大德到小男孩村落附近的巴桑寺，并将男孩招收到寺院里，让他接受严格系统的教育。据说，这位被秘密认定的转世灵童先后系统地学习了五世达赖著的《土古拉》，仁蚌巴著的《诗镜注释》、《除垢经》、《释迦百行传》等。

一切都朝着第斯桑结嘉措预想的方向发展着，但是让他担心的事终究还是发生了。在那个五世达赖替身的掩护下，第斯桑结嘉措把这个天大的秘密装在心里整整10多年。此刻，那个小男孩也已经是13岁的少年了。那一年是1696年，康熙三十五年。也就在那一年，康熙皇帝率军攻打卫拉特蒙古准噶尔部的首领噶尔丹，这是康熙皇帝第二次率军亲征噶尔丹。

噶尔丹生于顺治元年(1544年)，是准噶尔部著名首领巴图尔珲台吉第六子。青年时即赴西藏修习教法，颇得五世达赖的器重，但噶尔丹在西藏并没有潜心于佛门之道，而是“不甚爱梵书，惟取短枪摩弄”，也就是从那时候起，他与第斯桑结嘉措有了密切的交往。1667年，准噶尔部首领僧格在部族内讧中被杀，噶尔丹从西藏返回自己的部落，为僧格报仇，他率兵追杀僧格的仇敌，取得了胜利，自此开始了他的政治生涯，并于1672年正式继位为准噶尔部首领，号珲台吉。

噶尔丹担任准噶尔部首领以来，采用“近攻计”和向西扩张的战略，使自己的统辖地域不断扩大：北至鄂木河，沿额尔齐斯河溯流而上，抵阿尔泰山；西抵巴尔喀什湖以南哈萨克人的游牧地；东达鄂毕河。准噶尔还统治了天山南路的南疆地区，并将自己的势力扩展到撒马尔罕、布哈拉、乌尔根齐地区。随着部族势力的不断增强，噶尔丹野心勃勃，开始实施他的“东进政策”，与已定鼎中原的清政府争夺对青海和硕特与漠北喀尔喀的控制权，他的最终目的是一统蒙古，建立大蒙古帝国。

噶尔丹“东进政策”的实施，使得他与强大的清王朝发生了正面冲突，于是，这个怀着缔造一个不依附于任何政治势力的统一的蒙古帝国的野心的部族首领，便成了康熙皇帝的心头大患。

康熙率4位皇子御驾亲征，在漠北昭莫多（今蒙古国首都乌兰巴托东南)歼灭噶尔丹主力。噶尔丹仅率数十骑冲出重围逃走。当年秋,康熙皇帝为了不给噶尔丹喘息之机,以巡视塞外为名,第二次御驾亲征,噶尔丹一败涂地。

噶尔丹的灭亡本身已对第斯桑结嘉措极为不利,而康熙皇帝又从一位抓获的俘虏口中得知五世达赖喇嘛已圆寂多年的消息。

康熙皇帝意外地睁大了眼睛，对他来说，这是闻所未闻的事情。

康熙皇帝看了审讯后的奏章对事情的前因后果有了大致的了解后,勃然大怒,他对第斯桑结嘉措的大胆感到十分震惊,于是颁敕谕给第斯桑结嘉措,严厉责问事情的缘由。

康熙在给第斯桑结嘉措的敕谕中写道:"朕崇道法而爱众生,所以,对实心以护道法的人给以眷佑,对阴谋诱人以坏道法的人给以谴责。你第斯原系达赖喇嘛下面管事人,因你不违背达赖喇嘛指示,辅助道法,所以朕才对你加封。现在看来,你阳奉宗喀巴之教,实际上却与噶尔丹狼狈为奸,欺骗达赖喇嘛、班禅呼图克图,而败坏宗喀巴之教。先是,你以久故达赖喇嘛诈称尚存,派遣济隆呼图克图前往噶尔丹所在地乌兰布通，为噶尔丹诵经，选择交战日期；噶尔丹失败之后，又以讲和为词，贻误我军追赶，致使噶尔丹得以远遁。朕为众生遣人往召班禅呼图克图，你又诳骗班禅，说什么噶尔丹将要杀害，不使他来京师。青海博硕克图济农私下与噶尔丹结姻往来通使，你又不举发；实际上，如果没有你，博硕克图济农与噶尔丹之间不会相与联姻。噶尔丹相信了你唆诱的话，才不遵朕旨。现在西藏许多喇嘛都告诉我说，达赖喇嘛已圆寂9年。对此，你竟敢匿而不报丧，并支持噶尔丹兴兵对抗朝廷，罪恶甚大。何去何从，近期内速来奏报，否则，后悔无及！"

同时降旨第斯桑结嘉措："命理藩院檄青海萨楚墨尔根台吉等，谕以噶尔丹败逃及达赖喇嘛已死16年，第巴（第斯）匿之，假其言诳诱噶尔丹作乱之故。"

第斯桑结嘉措接到敕谕和圣旨，心里反而有石头落地了的感觉，似乎他一直等待着这一刻。为这一刻的到来，他也做过各种假设，如今，此事以一封书信的方式到来，这是他没有想到的。事情并不是他想象中那样，让他振聋发聩，让他魂飞胆丧。

"该来的果然来了。"他对部下说着，口气很平静。

但他深知此事万万不可轻视，经过一番深思熟虑后，他立即派尼玛塘呼图克图等人专赴北京，给康熙皇帝带去了一封密信。他在信中这样写道:“众生不幸,五世达赖喇嘛已于水狗年,康熙二十一年(1682)示寂,即欲奏报,前恐唐古特民人生变,且有达赖喇嘛遗言和护法王之授记,言‘必至相合之年岁始闻天朝皇帝及众施主’。故未发丧。转生静体今十五岁(藏历纪岁)矣,当于十二月二十五日出定坐床,求大皇帝勿宣泄! 至班禅因未出痘,不敢至京,济隆当竭力致之京师,乞全其生命戒体……”

发去这封密信,第斯桑结嘉措长长地吁了一口气:从此,再也不用保守这个秘密了,活佛的转世灵童也可以大大方方地进驻布达拉宫了。而在几天前,这事还像一块山崖顶上的石头,摇摇欲坠地悬在他的头顶,让他寝食难安。长长的10多年啊,他自己想想都有点后怕。

“该去的果然去了!”他给他的部下说着,有一种如释重负的感觉。

康熙皇帝接到奏报后,鉴于五世达赖死后西藏复杂的政治局势,“许为秘之”。

1697年,第斯桑结嘉措选定仓央嘉措为五世达赖喇嘛转世灵童。9月,这位15岁的少年,离开了他生活多年的门隅老家,从藏南被迎请到了拉萨。途经朗卡子宗时,五世班禅已经在此等候,两位人间活佛在此相会,六世达赖拜五世班禅为师，剃发受戒，取法名为罗桑仁钦仓央嘉措。

第五章
工布少年的心情像蜂儿圈在网里

来自山野的少年，忽然间要去遥远的拉萨，但他的拉萨之旅却走得有些漫长。本来，他在三四岁时就应该踏上这次旅程的，却被耽搁了十几年，如今踏上了这条路，走起来依然是那样地艰难曲折。他经过吉宇、噶举宫、哲古扎西塘、拉钦地、索凯、绒布热玛霍、达龙扎西林、占堆塘等地，经过 9 天的行程，到了一个叫浪卡子的地方。

本来他是可以直接去拉萨的，前来迎迓他的人却把他接到了浪卡子。据说这是第斯桑结嘉措的刻意安排，为的是保证他这个被藏匿了多年的转世灵童的生命安全。浪卡子是第五世达赖喇嘛舅父的庄园，第五世达赖喇嘛曾多次在浪卡子丹增持法殿内讲经。少年要在这里暂住一段时间。

浪卡子傍依着羊卓雍措湖，纯净得犹如梦幻一样的羊卓雍措映照着这里的雪山、草原和蓝天。

这一天，15岁的少年仓央嘉措站在湖边，看着倒映在湖面上的一片白云不断地变换着形状，心里的感觉也像那片白云一样，看似不动声色，但一刻也没有静下来。面对着这片湖水，这个15岁的少年默默无语，他对发生在自己身上的这种变故有些不知所措。这是怎么回事啊？我到底是谁啊？他不断地在心里问自己。他觉得，自从离开了家乡，他似乎就进入了一段色彩斑斓而又让人纷乱迷茫的梦幻之中，每一天都是在懵懵懂懂中度过的。如今，他虽然已经知道自己是五世达赖的转世灵童，但他怎么也不能把那个被人们称为人间活佛、尘世之王的观世音菩萨的化身与自己联系在一起。

就在这位15岁的少年为自己身份的突然变化而疑惑不解的时候，拉萨以及拉萨周边的许多地方，却已经为他的事情忙碌不已。

1697年8月25日，第斯桑结嘉措派他的几位心腹大臣分别召集布达拉宫的僧俗官员和色拉寺、哲蚌寺的高僧大德，宣布："五世达赖喇嘛实系观世音菩萨，不受生死的限制，但是为了显示当今人的寿命为百岁之限，已于水狗年圆寂。如今达赖喇嘛的灵童不仅已经降临人世，而且将在燃灯节（藏历十月二十五日）被迎请登临无畏雄狮宝座之上，要排除一切悲痛，庆贺登位典礼。"然后传达了记述六世达赖喇嘛转世情况的《悦耳妙音》。

接着，还分别派几路僧俗官员，分赴哲蚌寺、色拉寺、甘丹寺、札什伦布寺等寺院传达了五世达赖圆寂的文告及《悦耳妙音》等。

9月的一天，五世班禅一行到了浪卡子，他与少年在浪卡子寺里会面，互相敬献了哈达和礼品。也就是在那天晚上，五世班禅额尔德尼罗桑益西为少年受了沙弥戒，取法名为“洛桑仁钦仓央嘉措”。

接下来的几天里，浪卡子各地的僧俗百姓开始煨桑、诵经，一时间，这片开阔的土地上鼓号齐鸣，旗幡林立。9月21日，少年又在马队的迎接下，从浪卡子启程了。

这一路他们又经过了许多地方：达布龙、牙尔斯、岗巴拉山下、强塘地、强典林寺、德瓦塘……沿途的僧俗百姓顶礼膜拜，向这支庞大的队伍呈献了大量的哈达、金银等礼品。

27日，仓央嘉措一行来到了当年五世达赖喇嘛居住过的聂塘扎西岗。这时，已经继承了固始汗之职的固始汗之子丹增达赖汗，第斯桑结嘉措等率领的蒙古、藏僧俗官员及三大寺代表1000多人前来迎接。他们向仓央嘉措敬献了哈达、无量寿佛像、长寿经咒、殊胜塔等礼品。

隆重的迎迓仪式结束了，少年和五世班禅额尔德尼便在这里住了下来，他们在这里举行各种法事活动。

转眼间，一个月过去了。10 月 24 日，迎请灵童的马队继续前进。中午时分，康熙皇帝的使臣章嘉呼图克图及扎萨克喇嘛等带领百余人前来迎接，同时赶到的还有哲蚌寺的仪仗队。当天，马队夜宿姜塘岗的吉赛鲁定。25 日，由第斯桑结嘉措引香带路，迎至布达拉宫噶当姆其寝宫内小憩后，仓央嘉措来到布达拉宫司西平措大殿，经过消灾、驱邪、沐浴等仪规后，登上无畏宝座，举行隆重的坐床典礼。尔后，札什伦布寺的总管洛桑贡布代表五世班禅额尔德尼敬献了珍奇宝物、绫罗绸缎等大量贺礼，继而康熙皇帝派遣的使臣章嘉呼图克图呈献了皇帝封诰、贺礼和敕书，并授予封文，正式认定仓央嘉措为第六世达赖喇嘛。西藏三大寺的主持、活佛、各级僧俗官员、民众代表及青海蒙古代表等亦参加了庆典，敬献贺礼。下午，在德央厦广场上，举行跳神和歌舞活动。晚上，为纪念宗喀巴大师忌辰，六世达赖仓央嘉措到布达拉宫神殿朝圣，并在自在观世音佛像前同僧众一起进行祷告。

繁琐复杂的礼仪终于结束了。几天过去，仓央嘉措有些疲累。此刻,他坐在布达拉宫一间装饰得古色古香的房间里,几个侍从站在他的身后。他有些好奇地看着房间里的陈设,他看到在他前方的那只雕刻着吉祥八宝图案的藏式木柜上放着一面铜镜,便叫身边的侍从把它拿了过来。

他看到了铜镜里让他感到陌生的自己:一头微微有些鬈曲的乌发被剃掉了,头皮上泛着青光,身上的衣服换成了褐红色的袈裟,在华贵和厚重之中又多了一份臃肿。仓央嘉措看着镜子里的自己,心里有了一丝悲喜交集的感觉,他不由苦笑了一声。他身边的侍从不知道活佛为什么要笑,互相交换着眼神,一头雾水的样子。仓央嘉措看着他们,意识到了自己此刻的身份和地位,不由坐直了身子,脸上的表情也庄重起来。

忽然来到布达拉宫,眼前的一切是那样陌生,少年的心里,充满了好奇和激动;激情和活力透过那庄重的褐红色袈裟,洒落在他走过的地方;只是满头的乌发此刻成了清亮亮的光头,让少年心里有几分惋惜,但比起走进一个全新世界的新鲜感来,这一点又算什么呢?少年蹦蹦跳跳走过坚硬的石径和逶迤的山墙,人们感觉到了他身上山野的味道,那是泥土的潮气,是花草的芬芳。当这淡淡的味道从人们身边飘过,人们马上会想起空旷的蓝天,葱绿的田野,蓝天碧野间,一只野百灵在欢快地鸣唱,在它婉转动听的歌声里,五颜六色的野花竞相开放,争奇斗艳。

少年并不知道,他身上的味道,使这里的人们有了一种心旷神怡的感觉,就像他在这里有了新奇的感觉一样。

可是,少年还没有到拉萨街头走一走,就连这布达拉宫,他也没有搞清楚东西南北,接踵而来的事情更让他有些措手不及。

坐床典礼刚刚结束才几天,30 日那天,五世班禅额尔德尼又从札什伦布寺来到拉萨,在布达拉宫传授佛法,并向仓央嘉措讲述了五世达赖喇嘛的生平及其为西藏佛教和众生的幸福所作出的巨大贡献,鼓励他效法前世,勤奋学习经典,弘传佛法。

这一天,第斯桑结嘉措带着几个近侍来拜见仓央嘉措。他们缓缓围跪在仓央嘉措身边,让仓央嘉措有些不知所措,他本来打算朝着他们笑笑,但他们的表情却让他没能笑出来,他嘴角的肌肉只是微微动了动。

第斯桑结嘉措将一位老僧叫到近前,对少年说:"从今以后,他就是您的经师了。"

少年看看他,又看看老僧,有些不知所措。

“向经师行礼吧。”第斯桑结嘉措说。

他的话音刚落，有两个人便走过来，扶起仓央嘉措往老僧跟前走去。

“不敢承受，不敢承受！”老僧急急走过来，抓住了少年的手。

第斯桑结嘉措看看少年，又看看老僧，沉吟半晌，继而又对这位老僧说：“活佛学经的事，就交给您了。”

“是！”老僧毕恭毕敬地答道。

“凡是一位活佛应学的随许等一切法，务必竭尽全力传授！”

“是！”

仓央嘉措的经师主要有五世班禅洛桑益西、甘丹寺大法座卓尼·楚臣达杰、格隆嘉木洋扎巴、阿里格列嘉措、冉达岭巴等人。第斯桑结嘉措对于仓央嘉措的学习要求十分严格，多次严令经师等督促他勤奋精学。在这些高僧大德们的严格要求下，仓央嘉措学习了众多的佛教经典。为了督促仓央嘉措学经，第斯桑结嘉措还亲自讲授梵文音韵知识。

仓央嘉措这才知道，这个第斯桑结嘉措，是整个布达拉宫人人畏惧的人物，他一言既出，众人皆惟命是从。少年忽然感到，有什么东西正在离开他的身体，像缥缈的烟尘，轻盈而又无声地飘远了。随着这股烟尘一起飘远的，还有他的欢声笑语，他的自由随意。

少年仓央嘉措，他身上山野的味道已经变得很淡，青灯黄卷的日子成了他周而复始的生活中唯一的事情。

格隆嘉木洋扎巴是一位严谨、细致，对仓央嘉措要求很严的老僧。他受第斯桑结嘉措之命，一刻也不松懈地为仓央嘉措讲授五世达赖喇嘛所著的关于密宗传习的著作《恒河水流》。桑结嘉措有时还专门抽出时间，亲自给仓央嘉措上课。他为仓央嘉措通讲了一遍《甘珠尔》经，又命嘉木样扎巴讲授了一遍，对其中一些难度较大的篇章，又请秘籍大师冉达岭巴讲授了一遍。

时间不长，仓央嘉措就有些厌倦了这种枯燥的学经生活。

刚来到布达拉宫时的新奇感已经荡然无存，烟消云散，对故乡门隅的思念，却越发地深重悠长起来。每天每天，在学经的空隙，故乡的山水会自然而然地出现在他的脑际；每夜每夜，在香甜的梦中，亲人的笑容是那样地亲切温暖。

这天一早，仓央嘉措刚刚洗漱完毕，也无心用早餐，在侍从的伺候下，随便吃了点东西。想起昨夜梦中与姐姐曲珍一起在故乡山后的丛林里游玩的情景，鼻子一酸，一颗清泪便悄然落了下来。

就在此刻，经师嘉木洋扎巴不声不响地走来，督促他去听经了。怀着满腔的委屈和一丝丝愤怒，仓央嘉措跟随经师，开始了一天的苦学。

这一天，他心不在焉，昨夜梦中的情景让他无法静下心来。他坐立不安，走来走去。经师停止了讲授，依然是不声不响，默默地看着仓央嘉措。

仓央嘉措对经师视而不见。这时，经师嘉木洋扎巴忽然站起来，双手合十，小声地规劝道："您圣明，劳驾！请别这样，请坐下来好好听。"

仓央嘉措依然置之不理，依然来回走动着。

经师嘉木洋扎巴手持经卷，紧紧跟在仓央嘉措后面，说："别这样，您一定要听下去！"

"今日我不想听！"仓央嘉措压着心头的委屈和愤怒，平静地说。

"如果足下不听的话，第斯桑结嘉措就该责骂我了！"

听到第斯桑结嘉措的名字，仓央嘉措心里微微一震，想到这位皤发皓首的老经师因为他而受到桑结嘉措的责骂，便有些于心不忍，乖乖地坐下来。

经师也重新坐到仓央嘉措面前，继续讲解未完的功课。

仓央嘉措虽然厌倦了这种青灯黄卷的枯燥生活，但他却天资聪明，“凡一切藏土所有的教派如萨迦、格鲁、宁玛等，其能熟之灌顶以及能解脱之传授、经教、密咒、教法等，无论显密，不分流派，全都加以学习”。不仅如此，对藏文修辞学和诗律学的学习和熟练掌握，使仓央嘉措从中找到了一些乐趣。早在家乡的时候，他就迷醉于门隅地区的民歌山曲，那些简略、优美、寓意深远的情歌，在他慢慢成长为一个少年时，成了他的最爱。当他开始接触修辞学和诗律学时，他在《诗镜》与门隅山歌之间找到了一个契合点，找到了一种可以使心灵共鸣、歌唱的元素。

于是，许多首优美、简约的情歌就这样在仓央嘉措的笔下诞生了。

在那东山顶上，
升起皎洁月亮。
母亲般的情人脸庞，
浮现在我心上。

默想的喇嘛尊容，
怎么也不显现；

没想的情人脸蛋，
却在心头灿烂。

质地坚硬考究的牛皮纸，用檀香木做成的斜头笔，都是用来书写那些意义深奥的经文的，仓央嘉措却用它们开始了他的情歌写作。当一首首情歌从他的笔下流泻而出，他也总是泪流满面。

如果遂了美人心愿，
今生就与佛法绝缘；
若到深山幽谷中修行，
又辜负了姑娘的芳心。

仓央嘉措，一个情窦初开的少年，拿着笔书写着一份欢愉，一份哀怨，一份向往，一份惆怅，心里充满了对爱情的渴望。

第六章 黄边黑心的云彩是那冰雹的成因

事物总有它的两面性。少年仓央嘉措从纯朴自然的小山村，走向巍峨庄重的布达拉宫，全然不同的环境，曾经令他感到新奇，一面坚固的石墙，一块破碎的瓦砾，都会引起他极大的兴趣。山村里的寂静与这里整日不停的诵经声形成极大的反差，寂静中他很孤独，有时，在空旷的草滩上，他总是一个人玩耍，一整天难得见到一个人。而这里，人群络绎不绝地穿梭着，嘈杂声中他隐约感到了一些温暖。可是没过多久，远方小山村里的自然与清新，又让他怀念，偶尔传来的一声鸟叫或者一声犬吠都会让他的心忽然揪一下，家乡的山水自然也会在顷刻间充满他的脑际。那时的仓央嘉措天真活泼，顽皮可爱，这个情窦初开的少年整天游荡于家乡的山水之间，被那里的青山绿水以及掩映在青山绿水中的花草和鸟兽所迷醉。他喜欢上了在那里流传甚广的藏族和门巴族民歌，最喜欢那些表现男女情爱内容的山歌野曲。行走在故乡的山路上，看到不远处的田野或者牧场上闪动的姑娘的身影，他总要情不自禁地哼唱起来。他甚至和一位叫达娃卓玛或者仁增旺姆的姑娘谈起了恋爱。

他开始厌倦布达拉宫的生活，他期望有一天，能够回到自己的故乡，甚至做梦都无数次地梦到自己荣归故里的样子。特别让他感到厌倦的是，他几乎失去了自由，每天都是千篇一律的修习，学经念佛成了他最头疼的事。

此刻的仓央嘉措并不知道他已经是西藏政教合一制度最高权力的象征，更不知道以后将要走过的风雨和坎坷，但这一刻，他已经具备了他将要成为一名浪漫诗人的所有条件：在故乡的山野中，他受到了当地广为流传的藏族和门巴族民歌的陶冶，他稔熟那里的山歌野曲；15 岁的年纪，情窦初开，他已经品尝了爱情的甜蜜与痛苦；业已开始的僧侣生活将使他面临信仰与爱情之间的艰难抉择，他将接受思恋与苦修双重的煎熬；他要接受藏文大小五明文化的学习，其中属于小五明之一的藏文诗律学中的“年阿”体诗歌将为他的诗歌创作奠定坚实的基础。

历史似乎就是为了要在代表着西藏统治阶级意志的达赖喇嘛转世系统中，添加一笔不一样的色彩，成就一位才华出众的浪漫诗人，特意让仓央嘉措选择了这样一个特殊的时刻从民间走进了布达拉宫。在第斯桑结嘉措一手遮天的强权之下，他经历着青灯黄卷的苦修，经历着对故乡的思念。在布达拉宫，他开始用书写经文的斜头笔，在牛皮纸上写下一行行饱含着他的回忆、痛苦和企盼的优美诗句。

奇迹出现了，慢慢地，他从修习佛经中找到了乐趣，那种对人生自然的理解，那种逻辑严密的分析，特别是那些高僧大德的奇妙文章，无不令他沉醉。他在汪洋学海中流连忘返，他的经师也为他的这种变化感到高兴，曾专门上奏第斯桑结嘉措，如实汇报了活佛的可喜变化，桑结嘉措整日绷着的脸上，也有了一丝难得的笑容。

仓央嘉措喜欢诗律学和修辞学，但他一开始就反对那种过于华丽的文字，民歌山曲的朴实无华和自由奔放，成了他笔下诗歌的最好修辞方式。

仓央嘉措沉迷于诗歌写作之中。诗歌永远属于自然，属于纯真，诗歌容不得污浊之气的袭扰，容不得世俗烟尘的熏染。在长期的诗歌写作中，仓央嘉措的心静了下来，门隅故乡大美的山水风物成了他遥不可及的幻想，同时，那些世俗的欢爱也从他的笔端流溢而出，以喷涌之势，激荡在他年轻的、刚刚度过青春期的心灵深处。

故乡是鸟的世界、花的海洋，他便把他的思念和哀愁倾诉在故乡的花鸟之中，写出了一首首优美的诗篇。

野鸭恋上芦苇，
真想亲热一会，
湖面已被冰封，
叫我气丧心灰！

一只可怜的野鸭孤独地游荡在仓央嘉措用诗歌营造出的一片湿地之中，湿地里鱼虫繁多水草肥美。由于对这片沼泽湿地的过于留恋，它错过了与同伴一起南飞的时机，转瞬间已是冬天来临，水面封冻，凄冷的寒风中，野鸭这才感到孤苦伶仃，无奈和失意涌上心头……

写下这样一首诗，仓央嘉措从那只野鸭身上看到了自己的影子。

山顶的青草已经枯黄，
山下的树木也已落叶，
飞往门隅的杜鹃鸟啊，
你若是燕子那该多好。

门隅，诗人的故乡。此刻，在诗人的诗意冥想中，一只杜鹃鸟从他的故乡起飞，飞到了圣地拉萨。此刻是春天，万物复苏，春意盎然。

在仓央嘉措的故乡山南，有一座古庙叫恰萨拉康。

旧时，每每到了藏历三月十五日，西藏地方政府就从拉萨派两名僧俗官员前往该庙，在这里迎接杜鹃鸟的飞来。迎接仪式在该庙的属地林卡里举行。举行迎请仪式时，几个供盘里分别放置着西藏自产的青稞、小麦、豌豆等谷物，还有两盏黄铜的酥油供灯，藏语叫“科尤雀美”，意为“供奉杜鹃鸟之灯”。

这种仪式，一定要等到杜鹃鸟出现在树林里，听到杜鹃鸟叫声后，才能结束。当布谷鸟飞抵林卡的时候，林卡处处燃起吉祥桑烟，僧俗官员和百姓要向它跪拜，请它品尝青稞酒、酥油茶和各种供品，保佑雪域高原雨水充沛，庄稼丰收。

小时候，他的阿妈带着他参加过这个庄重而又令人愉快的仪式，杜鹃鸟在他的心里从来就是聪灵的，高尚的，美丽的。

离开了故乡，没有了儿时的玩伴，仓央嘉措除了修习佛法，最喜欢的事情就是写诗了，他总是喜欢把故乡的鸟禽写到诗里，他还专门托人买来一只孔雀饲养起来。这只孔雀带给了他许多欢乐。

东印度的孔雀，
工布谷底的鹦鹉，
生于不同的乡土，
同在圣城拉萨会晤。

藏语常以“孔雀闻雷”来形容人们兴奋和愉快的心情和姿态，据说每当孔雀听到雷声就会喜极而开屏。在仓央嘉措的诗歌中，孔雀同样预示了他心情的愉悦。后来他饲养的小鸟多了起来，有鹦鹉，有画眉，每一只小鸟身上都寄托着他的欢愉和愁苦。

除了小鸟，他还喜欢各色花朵。他写了初春季节在他的故乡山南灿烂盛开着的桃花：

姑娘不是娘生的，
怕是桃树上长的，
要不然她的爱情，
怎比桃花还谢得快呢？

他还写了佛教典籍中被奉为圣物的睡莲：

白色睡莲的光华，
照耀过整个大地。
如今成熟的花籽，
预示着已过花期。
只有我鹦鹉哥哥，
陪伴你度过悲戚。

他还专门写了哈罗花，这种花是作为供品向神佛供奉的，到了布达拉宫后，他经常要参加这样的佛教礼仪：

生机勃发的哈罗花，

如果做了供品的话，

把我这年少的玉蜂，

也带到佛堂里去吧！

简短的小诗，流露了少年向往自由的心声，传达了少年渴望摆脱这座神秘宫殿里的森严教规的羁绊，轻松愉快地与更多的人群接触的愿望。

就在此时，事情的另一面开始慢慢浮现。作为五世达赖的转世，作为藏族噶丹颇章地方政权当然的继承人，他的行为引起了周围人们的窃窃私语。

仓央嘉措深知自己作为达赖喇嘛的至高无上，但他并没有在意自己目前的状况，他觉得，作为一个出家人，这样无牵无挂的日子挺好，从来没有觉得第斯桑结嘉措凌驾在自己之上，使他失去了达赖喇嘛的威仪。

可是他每天都要听到来自各方面的“忠告”，甚至有几个侍从也对他表示，像他这样对自己的现状无动于衷，实在奇怪，令人想不通。

“继承前世活佛的宏愿，广传佛法，利益众生才是你的正道啊！”有人曾这样规劝他。

仓央嘉措平静的心开始有了动摇。

然而，第斯桑结嘉措经过几十年的苦心经营，他在布达拉宫的地位无法动摇，甚至是坚不可摧的，仓央嘉措要想达到前世活佛一样的境界，似乎是不可能的。

仓央嘉措开始对第斯桑结嘉措产生了敌意，他开始用消极的方式对待一切。

他开始沉湎于酒色之中，甚至公开表示，自己愿意放弃神圣的达赖之位，去做一名世俗的人。

关于此，拉萨民间有许多传说流传至今。说他逐渐成为一位风流倜傥的人物，白天以密法佛徒出现，夜间则以宕增旺波的化名潜游于酒肆、民家及拉萨街头，以至于后来竟在布达拉宫内，“身穿绸缎便装，手戴戒指，头蓄长发，醉心歌舞游宴”。

此刻的第斯桑结嘉措醉心于争权夺势之中，无暇顾及仓央嘉措。当他听到仓央嘉措的一些过激言行后，大为恼火。

这一天，第斯桑结嘉措专门抽空来拜见仓央嘉措，说是拜见，其实是来指责的。

进了仓央嘉措活佛府，看着活佛的装束，第斯桑结嘉措吃惊地睁大了眼睛。

“活佛，如何这般装束？”他问仓央嘉措。

“有什么不对吗？”仓央嘉措毫不在乎地说。

“出家修佛之人，怎敢……”

“我这身装束是否已殃及您的前程？”第斯桑结嘉措还没说完，仓央嘉措就这样问了一句。第斯桑结嘉措大为不悦，他指着仓央嘉措的几个侍从，大声呵斥道：“你们是如何伺候活佛的，赶快请活佛换下服装，穿上袈裟！”

话音未落，就听到“哐啷”一声响，仓央嘉措把一把刀子和一条绳子扔到了第斯桑结嘉措脚下，振振有词地说：“如何装束，是我的自由，我作为观世音化身，你欲如何？”

第斯桑结嘉措看到这个架势，半晌没有说话，摇摇头，无可奈何地走了。

以后的日子，仓央嘉措便有了一种近似畸形的“自由”。

他的这种“自由”，引来了更大的麻烦，中原皇帝都知道了他“放荡”的行为，于是在第斯桑结嘉措政敌的阴谋下，他再一次遭到了严厉的指责，对方甚至公开表示对他是否达赖真身感到怀疑。

年轻的仓央嘉措面对如此的制裁并没有退缩，他甚至跑到日喀则，找到为他剃发受戒的五世班禅罗桑益西，跪在扎什伦布寺门前，一边脱下身上的袈裟，一边大声祈求：“你给我的袈裟我还给你，你加在我身上的教戒我还给你，我要过普通人的生活！”

仓央嘉措就是这样捍卫着自己的自由，并且找到了适合自己的一种“双面人”一样的生活方式。他在一首情诗里这样写道：

住在布达拉宫，
我叫持明仓央嘉措；
住在山下拉萨的民居中时，
我是浪子宕增旺波。

第七章 别说我夜里出去了 别说我早上才回来

五世达赖喇嘛阿旺洛桑嘉措，世人誉其为“不但是精神之王，同时也是世俗之王”。据说他出世之前，曾经有高僧大德为他打卦，卦象显示两个重叠的影子，一个是头戴黄帽、一袭红衣的格鲁派活佛，另一个是手持金印、威严有加的世俗之王。其实，在某种程度上，或者说从某个角度去看，六世达赖喇嘛仓央嘉措同样是“精神之王，世俗之王”，他只是用一种特殊的方式，表达和呈现了他的这种威仪。

仓央嘉措，由于他特殊的、高高在上的达赖喇嘛身份，由于他追逐世俗情感、渴望自由生活的行为，在他身后，便有了两个截然不同的形象。在正统的史书中，他是弘扬佛法、利益众生的“精神之王”，在民间传说里，他是放纵情感、追求欢爱的“世俗之王”。如此，我们今天所能想象的仓央嘉措，同样是两个重叠的影子。

在浩如烟海的藏族民歌里，我们时常看到仓央嘉措洒脱的身影，他迈着坚定的步伐，走出高墙深院、戒律森严的布达拉宫，不大一会儿，就湮没在人群之中，路上荡起的滚滚尘雾里，谁也没有认出他是谁。只是他身上有一股天然的香气，哪怕是吃了大蒜等有异味的食物，从他口中呼出的气也有一股药香味；哪怕是吸了烟，喷出的烟气也与供神的异香一般。仓央嘉措自己也觉得奇怪，他常常鹑衣百结，出现在那些锦衣华服的达官贵人当中，却也是鹤立鸡群，风采超俗，有时他故意吃些大蒜之类，蓬头垢面混迹于乞丐之中，他身上的香气同样让他人生疑。为了不使别人认出他来，他绞尽脑汁，还专门为自己取了一个俗名：宕增旺波。

他的诗歌虽然采用了六字三顿四行这样一种简单的、门巴族和藏族民歌采用了几千年的形式，但依然记录了他的心路历程，就像他饲养的那几只鹦鹉和画眉鸟，虽然只是既普通又小巧的小鸟，但却见证了他深藏在内心深处的一段段动人情感。

我和情人的幽会地点，
在南门巴的密林深处。
除了巧嘴鹦鹉，
谁也不知道。
能说会道的鹦鹉，

这个秘密你可不要泄露！

这只鹦鹉，是诗人与一位来自工布的姑娘幽会时，这位姑娘送给他的，由于这个原因，加上它的巧舌如簧，它得到了主人更多的宠爱。

仓央嘉措记得，那天早晨，他刚刚跟随经师学习了因明学中一些繁杂枯燥的逻辑理论，头晕脑胀地来到一片林地里，来自工布的姑娘早早在这里等他了，还为他送来了这只鹦鹉。看着它翠绿的羽毛和红色弯曲的喙，还有那双圆溜溜转动的小眼睛，仓央嘉措感到头脑一下清爽了许多。从此，这只鹦鹉就被放在一只玲珑的鸟笼中，挂在诗人的窗棂前，每天的学经和修习结束后，仓央嘉措就开始逗这只鹦鹉取乐，很快，这只鹦鹉就学会了许多人言。

来自工布的鹦鹉，
既然你巧舌能言，
请说我那爱人，
身体是否康健？

送鹦鹉的姑娘返回了工布，诗人十分想念，看着窗前的鹦鹉，写下了这首诗。

欢快的画眉鸟啊，
嬉戏在玉妥柳林，

可愿意和我鹦鹉，

走一趟工布的东方？

姑娘走了很长时间都没有再回来，仓央嘉措被思念煎熬着，竟然决定带着这只鹦鹉，到工布去看望姑娘，虽然对他来说，这一点也不现实也不可能。

那个巧嘴鹦哥，

请你住了口舌！

柳林中的画眉姐姐，

要唱一曲动人的歌。

姑娘一去杳无音讯，而去看她又不可能，长久的思念变成了痛恨。仓央嘉措把郁积在心的痛恨抛洒在了那只鹦鹉身上……

诉说衷肠的地方，

是葱翠的柳林深处，

除了画眉鸟儿，

没有他人知晓。

画眉是仓央嘉措最喜欢的宠物，他一共养了两只，并且给它们取了名字，那只不太喜欢鸣叫，显得有些严肃呆板的画眉，诗人给他取了一个庄重华贵的名字：索南华宗，意思是福运聚集；而那只总是叫个不停，有些顽皮活泼的画眉，诗人给它取了一个轻松随意的名字：吉吉布赤，意思是欢喜快乐。两只鸟都是雌性，所以，那只叫吉吉布赤的画眉鸟的名字里，还含有能够带来一只雄鸟弟弟的意思——“布赤”这个名字，相当于汉族中的招娣、领娣等女孩的名字。当然，吉吉布赤也可理解为带着孩子享受天伦之乐的意思。

琼结茂密的柳林深处，
栖息着画眉索南华宗，
只要不往那远处游走，
定有重逢的机遇缘分。

在这只名叫索南华宗的画眉鸟背后，蕴含着仓央嘉措的另一段情缘。一位来自琼结的姑娘与诗人有了感情，他们经常在一片密林中幽会，后来姑娘回了家乡琼结。琼结离拉萨不远，诗人相信，他们一定会再次重逢。

那边山上神气的雪鸡，
这边山中娇小的画眉，
此生我们的缘分已尽，
心中只留下尴尬难堪。

可惜，满心的希望再一次成了泡影，仓央嘉措开始怀疑曾经的信誓旦旦。回想起自己那么深信不疑地等待琼结姑娘的归来，心里就有了一种受骗的感觉，一缕尴尬难堪的情绪涌上心头。

画眉吉吉布赤，

藏身在柳林深处，

只因心眼太坏，

扼杀了曾经的恋情。

祸不单行，与那只叫吉吉布赤的画眉有关的那份情缘也断了，仓央嘉措陷入了失恋的痛苦之中……

在曾缄所著的《布达拉宫辞》中，也描述了一段关于仓央嘉措的情事，这里且不管故事是虚构的还是真实的，其中的绵绵情怀，却能使每一个情爱男女为之动容为之动心。

那是一个有着月光的晚上，那种皎洁、清丽的月光后来多次出现在六世达赖喇嘛仓央嘉措的情诗里。

随着月亮的升起，布达拉宫渐次安静下来，而此刻，仓央嘉措却开始了忙碌，他急急脱去身上厚重的袈裟，换上一套用金丝镶了花边的便装，这是他专门为了去会见那位几天前认识的、有着苹果一样面容的姑娘而特意缝制的。

此刻已是初冬季节，飕飕的冷风不断地从远处刮来，那一排依山种植的白杨树，只剩下了光秃秃的枝条，冷风里，枝条随风摆动，唱着一支凄凉的歌。

一位亲信侍从早早地在一侧小门处等候着，仓央嘉措走过来，侍从轻轻打开了门。仓央嘉措从小门探出头来看看外面，外面的石径上，有几个僧人正悠闲地走来，他便又抽回身子，轻轻关上小门，在那里等了一会儿，听他们的脚步声从小门前走过，慢慢消失在夜色之中。

这时，仓央嘉措感到有些冷。想一想前两天有个施主给他送过一条羊羔皮做成的大氅，便让侍从把那条大氅拿出来。

仓央嘉措穿上大氅，又把头从小门探出去。清冷的月光使这个世界变得凝重无声，那些熟悉的山墙、石径都冷冰冰的，似乎是在保守着同一个秘密。仓央嘉措看着这样的情景，不禁无声地笑了，他心里想，或许它们也在为我保守秘密呢！

仓央嘉措走在清凉的月光中，他那条深红色的大氅，在月光下显得鲜亮而富有动感，像一团火。

那团火焰慢慢飘远，消隐在拉萨的市井之中了。

拉萨市井，依次排开的民家房屋，都是用白色的石头砌成，四四方方，门矮窗小，不分彼此，走在这样的街市，恐怕很难一下找到自己要去的地方——从外观上看，那些房屋都是一模一样的。

仓央嘉措就是消隐在这样一栋房屋里的，他准确无误地找到了自己要去的地方。

当仓央嘉措走进房屋时，屋里一片漆黑，什么也看不见。忽然，屋内的一扇小门开了，一束火苗晃晃悠悠向着仓央嘉措飘过来。

这是一盏油灯，油灯下一位姑娘灿烂地笑着，她的脸苹果一样红润。

“来了吗？”姑娘问道。

“来了！”仓央嘉措微微一笑。

“这凄冷的风刮个不断，我还以为您不来了呢！”

“说好要来的，怎么会不来呢？”

姑娘看看仓央嘉措身上的大氅，说：“你不是说要穿一件绣了金边的衣服吗？”

仓央嘉措笑笑，缓缓脱去大氅，绣了金边的衣裳便豁然露了出来。灯光照耀下，领边和袖口图案优美的金边在闪闪发光。

“真美！”姑娘的眼睛忽然变得很明亮，她说，“您是专门为了见我才做的衣服吗？”

仓央嘉措点点头。

姑娘低下头，幸福地笑了，她的脸比刚才更加红润，更像一只熟透的苹果。

小小的屋舍是姑娘的卧室，屋舍没有窗户，只有一扇天窗开在屋顶。明亮的月光从天窗洒下来，与桌上暗淡的油灯相映成趣。

姑娘看着月光，轻轻朝油灯吹一口气，油灯悄然灭了，只有那一缕月光水一样明亮。

“休息吧。”姑娘说。

“好吧。”仓央嘉措说。

这天晚上，仓央嘉措与姑娘聊得很晚。

“您身上有一股香味。”姑娘说。

“你身上也是。”仓央嘉措说。

时间过得飞快，两个人觉得还没聊够，天已经蒙蒙亮了，不知道月光是什么时候消失的，天窗里此刻涌进来的却是一片红彤彤的霞光。姑娘舍不得让仓央嘉措离开，紧紧依偎在仓央嘉措怀里。

而越来越亮的天光却催促着仓央嘉措赶快离开。

“我该走了。”仓央嘉措说。

“我不想让你离开。”姑娘贴得更紧了。

仓央嘉措爱怜地看着姑娘，悄悄问道：“此生你我能结成伴侣吗？”

“除非我死了！”姑娘毫不犹豫地说。

天越来越亮了，仓央嘉措对姑娘说：“我不能不走了。”说着急匆匆起来，穿好了衣服。

姑娘也起身，端端庄庄地穿好衣服，却止不住伤心的眼泪，她泪水涟涟地说："慢走啊！"

仓央嘉措点点头，为姑娘拭去眼泪，说："你要爱惜自己！"

姑娘看着仓央嘉措，抓着他的手说："你一走，我又要悲伤了。"

"马上就会见面的。"仓央嘉措安慰姑娘。

仓央嘉措推开屋门，不禁大吃一惊。昨夜下了一场雪，外面的世界白茫茫的，银装素裹一片好风景。仓央嘉措喜欢这种纯净的颜色，可是他马上意识到了问题的严重性：他的脚印将会留在雪地上，从此他与姑娘的情缘，也会被他人知晓。

仓央嘉措茫然地看着眼前这个白色的世界，不知所措地往布达拉宫走去，他那条忠实的獒犬看到他的身影，便远远地向他跑过来。

仓央嘉措摸摸獒犬的头，说："你可不能告诉别人，我晚上出去，早上回来啊！"刚刚说完，又自嘲地说，"说就说吧，反正我的脚印已经留在了雪地上。"

……

其实，这段故事是对仓央嘉措一首情诗的演绎，我们也不必去追究它的真实性。在西藏民间，有诸多类似的传说，演绎着关于仓央嘉措的爱情神话：

——布达拉宫脚下，曾经有一处华丽的小屋，据说是仓央嘉措专门幽会姑娘的地方；

——拉萨市井，有几座房子被涂成了黄色，据说这几家的姑娘都与仓央嘉措有过亲密的过往。

也有人认为仓央嘉措与姑娘之间的欢爱，只不过是游戏三昧，形似放荡不羁，实则清净无染，在民间还有“虽有女子作伴，从来没有沾染”的传说。更有人从密宗的角度去理解和解释他的行为，认为那是一种修习或是对本尊的观想。

如此这般的说法还很多。在民间，仓央嘉措真正成了人见人爱的“世俗之王”。

第八章 芨芨草上的霜啊 做了寒风的使者

年轻智慧的仓央嘉措，在一个风云突变的非常时期，登上了西藏政教权力的顶峰。虽然他在“一览众山小”的位置上，却也是“高处不胜寒”，从来没有过像五世达赖那样高高在上的荣耀。

第斯桑结嘉措为了长期执掌西藏政教大权，五世达赖喇嘛圆寂后，秘不发丧长达十几年，如此也使得仓央嘉措进入西藏政教高层的时间往后推迟了十几年。虽然后来由于事情败露，在清王朝的过问和指责下，仓央嘉措得以入宫，但第斯桑结嘉措依然把本该交给仓央嘉措的政教大权牢牢握在手中，丝毫没有放松。更有甚者，由于仓央嘉措在他手中，他还玩起了“挟天子以令诸侯”的游戏，将仓央嘉措作为自己与政敌斗争的一个筹码，从而使手中的大权更加牢固。

作为第斯桑结嘉措政教权力争夺中最大对手的拉藏汗非常清楚，如果想把第斯桑结嘉措拉下马，最好的办法就是把他手中的“天子”拉下马——虽然这个感情丰富，有着一颗纯洁诗心的年轻人对他们没有构成任何威胁，或者说不能直接构成威胁，但种种预测和推断都指向一个方向——达赖喇嘛在谁身边，谁就是赢家。如此，还没有真正搞清楚布达拉宫东西南北的仓央嘉措，便被卷入了政教斗争的漩涡，并且处在漩涡的中心位置，他头重脚轻，找不到平衡，挣扎中看不到救命的稻草。

拉藏汗是蒙古和硕特部固始汗的后裔，达赖汗的子孙。

作为藏传佛教格鲁派势力的扶持者，和硕特部让格鲁派一举登上了藏传佛教界统治教派的宝座，所以，他们帮助格鲁派消灭了对手的同时，理所当然地进入西藏对格鲁派实施政治庇护。表面上，双方一直保持着“亲善友好、共存共荣”的关系，但是，被虚假的政治客套所掩盖的事实是，和硕特蒙古势力在西藏已经是鹊巢鸠占、反客为主了。他们的这种做法与以五世达赖和第斯桑结嘉措为代表的西藏本土势力希望自立自治的愿望之间，存在着难以调和的矛盾冲突。

固始汗进入西藏实施统治后，和硕特蒙古势力就以救命恩人的身份，凌驾于本土势力之上，在西藏履行着教父的职责。这就为第斯桑结嘉措晚期，双方反目成仇、大打出手的政治巨变埋下了深重的隐患。

美好的亲善表象终究难以掩盖政治交易中赤裸裸的利益企图，固始汗在世的时候，这种政治上的檀越关系依然在一种友善的表象下继续维持着，随着固始汗的离世，各种猜忌、裂痕就开始在缺少血与火考验的后辈心中滋生蔓延了。

顺治十一年（1654 年），固始汗在拉萨病亡。随之，五世达赖的号召力开始逐步增大，格鲁派与和硕特部的联盟也开始日渐瓦解。在五世达赖的治理下，西藏地方势力在西藏政治格局中的地位开始蓬勃上升。而在和硕特蒙古势力方面，固始汗的儿子和孙子相继继承了汗位，到了曾孙拉藏汗时代，尤其是在拉藏汗统治的晚年，和硕特蒙古势力在西藏的统治已经渐渐衰落。为了争夺对西藏政权的主导地位，和硕特蒙古势力与格鲁派地方势力之间已经形成了剑拔弩张、随时上演全武大戏的态势。

到了第斯桑结嘉措担任摄政之职的时代，这位摄政之王有意与蒙古准噶尔部的噶尔丹勾结，想利用噶尔丹的力量牵制和驱赶西藏的和硕特蒙古部族，这样，西藏政教势力与代表世俗政权的和硕特蒙古势力间的矛盾便愈演愈烈。

说起拉藏汗与第斯桑结嘉措之间的瓜葛，据说还有这样一件事情：第斯桑结嘉措还没有担任摄政之职的时候，曾经与一位贵族家庭的少女相爱，正式议婚的时候，桑结嘉措向这个贵族家庭许诺，等他当上了摄政之王，即刻与少女成婚。其实，那时候五世达赖已经准备让桑结嘉措担任摄政之职了，只是不便于公开，而贵族家庭却把这句话理解成了桑结嘉措对婚事的婉言谢绝，非常恼火，而正在此时，达赖汗前来为自己的儿子求婚，这位贵族少女理所当然便嫁给了当时还是王子的拉藏汗。于是，桑结嘉措觉得是这位“外人”夺走了自己的情人，而拉藏王子也认为他的妻子是被桑结嘉措所“淘汰”了的，这样的情仇慢慢也就演化成了政治争端。

而他们之间的权力之争却无端地牵扯上了仓央嘉措。

拉藏汗深知把仓央嘉措置于自己手中，没有丝毫的可能，于是他采用了恶毒的一招——诋毁和贬低仓央嘉措，损坏仓央嘉措的名誉，甚至直接中伤，说仓央嘉措不是真达赖。跟在拉藏汗后面附和叫嚷的还有策妄阿拉布坦。

第斯桑结嘉措与拉藏汗多次“交手”，多次打成了平手，但这一招却打中了第斯桑结嘉措的痛处。

几天来，第斯桑结嘉措闭门不出，他把自己关在寝室内，窗户上，不分白天黑夜都拉着厚厚的窗帘。这天一早，第斯桑结嘉措便端坐在床榻一边的矮桌旁，认真地翻看着五世达赖喇嘛撰写的《西藏王臣记》。在这之前，他专门用清净的泉水洗了手，离矮桌不远的桑炉上，还点燃了一支藏香。此刻袅袅的青烟正在第斯桑结嘉措的头顶盘旋着，上升着，最后消失得无影无踪。第斯桑结嘉措毕恭毕敬地翻动着书页，每读完一页，都要用双手把它翻过去。他那种聚精会神、一丝不苟的样子，让人不敢去打扰他。

屋外的太阳升高了，厚厚的窗帘上，那棵拉萨柳摇曳的影子现在已经看不见了，第斯桑结嘉措却依然保持着早晨的姿态：他认真地翻动着书页，样子十分虔诚，每每读到那些君王或者上师的名字，他便要双手合十，默默地祷告一番。

这几天，整个拉萨都很平静。温暖的阳光下，虔诚的佛教徒络绎不绝，缓缓行走在八廓街上，慢慢围着大昭寺转经，好像什么难事儿都没有发生，好像什么事儿都不会发生。

其实，谁都不知道，第斯桑结嘉措此刻的内心一如浪涛汹涌，貌似平静的读书声只是一种刻意营造的假象，或者说是对自己无法平静的心情的一种掩盖。每每想起“仓央嘉措的达赖身份真假难辨”之类的话，他的额头就会冒出虚汗。

又过了几天，第斯桑结嘉措终于忍不住了，他通过大昭、色拉、哲蚌三大寺的高僧代表，向拉藏汗表达了自己这样的态度：我愿意卸任，去往山南，不再担任第斯之职，该职由儿子阿旺仁青担任。

他同时也提出了自己的条件：他一经卸任，拉藏汗必须撤出拉萨，返回青海。

拉藏汗得到消息，经过一番掂量，同意了第斯桑结嘉措的条件。

拉藏汗轻而易举就同意了第斯桑结嘉措的条件，这让第斯桑结嘉措有些狐疑，他预感到其中有诈。本来他以为，虽然以后是儿子担任第斯之职，但只要拉藏汗撤出拉萨，他就可以替儿子摄政，西藏的政教大全依然在自己手里。

他没有想到的是，他打着他的主意，拉藏汗也怀着自己的鬼胎。

1705 年，第斯桑结嘉措很不情愿地卸任了，拉藏汗也佯装撤出拉萨，赶往青海去了。而实际上，他只是到了西藏黑河一带，并在那里集结了兵力。

拉藏汗集结兵力的事很快就传到了第斯桑结嘉措的耳朵里，盘踞在他心里的那份担心果然成了事实。他咬牙切齿，恨不得立刻赶到黑河，把拉藏汗剁成肉酱。

经过密谋，第斯桑结嘉措开始了自己的行动。他买通了拉藏汗的一个内侍，并把一包毒药给了他，他们想把拉藏汗药死。

“要小心行事，千万不可大意。”拉藏汗的内侍出发时，第斯桑结嘉措对自己这招险棋其实没有一点把握。

“请大人放心！”内侍却表现得胸有成竹。

第斯桑结嘉措一边担心着，一边把这个奸细打发走了。

奸细走出大门，第斯桑结嘉措从窗口看着他的背影，一种不祥的预感出现在心里。

果然，这个奸细在往拉藏汗的食物中下毒时，被人发现了。

拉藏汗好像就是在等待着这一刻，当他的部下把这个曾经对他忠心耿耿的内侍五花大绑地带到他身边时，他一边喝着奶茶，一边把一些奶渣子丢进嘴里——这是他最爱吃的东西——都没正眼看这个人。

“是第斯桑结嘉措让你这么干的吗？”他就问了这么

一句，声音平和，语速缓慢，甚至还透出那么一点怜悯之意。

“是……”内侍低下头，立刻承认了，“我不是人，请大人惩罚我！”他说。

消息立刻传到了第斯桑结嘉措的耳朵里。就像他当初秘不发丧的事情败露，遭到皇帝的质问时，他反而变得很平静一样，当他的手下把这个消息带给他时，他同样很平静，好像一切都在预料之中。只是拉藏汗在政治上表现出来的精明与老练，让他有些不服气，有些恼羞成怒。当即，他就下令调集他的卫藏部队，准备武装驱赶拉藏汗。

一场政教权力之争的恶战开始了。

正是盛夏季节，拉萨以远的草原上草长莺飞，绿浪滚滚，不同颜色的野花夹杂在绿草之中，或红或黄或紫或粉，煞是好看。草原上空，蓝天辽远，白云飘浮。但这令人陶醉的美景，刹那间就被纷乱的铁蹄踩了个粉碎。

拉藏汗毕竟是固始汗的子孙，精于谋略，善于运筹，他从三路围攻拉萨，第斯桑结嘉措一败涂地。

康熙皇帝听说第斯桑结嘉措与拉藏汗交战的事情后，惊出了一身冷汗，他深深知道，这两个人，一个是狮子，一个是老虎，他们互相咬起来，后果不堪设想。皇上立召恰纳喇嘛及阿南卡二人觐见,并派他们即刻赶往西藏,为第斯桑结嘉措和拉藏汗二人调停。

两位金字使者一路赶来,即将抵达拉萨之时,拉藏汗已经把第斯桑结嘉措杀了。

第斯桑结嘉措被杀,作为皇帝特派的金字使者,即刻向皇上禀报的同时,当然要过问缘由,而此时的拉藏汗却闪烁其辞,对既成的事实没有回避,也没有正面回答。

康熙皇帝更是个聪明的政治家。他对大臣们说:“西藏的狮子死了,当然应该是老虎称大王了。”

皇帝说完,自己首先哈哈笑了,大臣们随之也哈哈大笑。在他们看来,如此,西藏之事就相安无事了。

但厄运就在皇帝与大臣们大笑的那一刻,降临在了仓央嘉措身上。

早在几年前,拉藏汗和策妄阿拉布坦就先后上奏皇帝,声称第斯桑结嘉措所立达赖喇嘛是假的,应该废除后重立。为此,皇帝专门委派使者,到拉萨查验达赖喇嘛真身。在阿旺伦珠达吉所著的《殊以圣行妙音天界琵琶音》一书中,详细记载了这段历史:

拉藏汗向中原寄去一信,对尊者(仓央嘉措)是活佛与否表示怀疑,皇上便派了一位精于相术的人进藏。此人来后，请尊者赤身坐在座位上，他围绕圣体前后左右从各个方面细查体相，然后说道："这位大德是否为五世佛祖的转世，我固然不知，但作为圣者的体征则完备无缺。"说罢之后顶礼膜拜，返回本土去了。

如今，第斯桑结嘉措死了，仓央嘉措即刻感到，这个使自己远离了家乡父母，失去了亲朋好友，甚至全揽了自己达赖喇嘛神圣权力的人，其实从另一个方面保护了自己，他的死把他推向了一个危险的前台。拉藏汗等人对仓央嘉措，简直到了"先诛杀之而后快"的地步，"废除假达赖"的叫嚣声一浪高过一浪。

他们再一次向康熙皇帝送去奏章，要求废除"伪达赖喇嘛"。

第斯桑结嘉措，这个皇帝心目中的狮子死了，皇帝考虑问题的角度也随之变了。经过一番思虑，皇帝降旨，令仓央嘉措奉旨进京。

第九章 背后凶厉的龙魔 管它凶还是不凶

1706年。

太阳刚刚爬上东方山顶，就被层层叠叠缠绕在山顶的云雾撕扯着，不让它高高升起，发出慈悲的光芒。太阳挣扎着，反抗着，最终冲破云雾，露出了半个脸。然而，它消耗了太多的精神和体力，急促而又粗重的喘息声，变成了早晨透凉的清风。太阳光线羸弱，缺乏活力，一副经过了拼命挣扎后疲惫不堪的样子。

仓央嘉措走出行宫，开始了他去往北京的行程。他英俊的脸上，写着憔悴。

不知道拉萨以及拉萨以外的平民百姓是怎么知道活佛要远行的消息的，他们静静地守候在仓央嘉措必经的小道两旁。仓央嘉措刚刚露面，人群中就传来“嗡嗡”的诵经声，随之，一声压抑不住的哭声，不协调地出现在诵经声里，令人不由得有些心酸。

仓央嘉措朝着哭声传来的方向看去，那些紧紧跟在他身后的蒙古士兵，被这突兀的哭声吓了一跳，他们警惕地看着左右，用身体护住了仓央嘉措。

那是一位白发苍苍的老太太，她蜷缩着身体跪倒在地上，随着哭声身体不断地抽搐着，干瘦的脊梁因为身体的过分匍匐而高高翘了起来。仓央嘉措看到，老太太纷乱的白发围拢着的一只耳朵上，有一枚精巧的耳坠——用白银做成的一片荷叶上，镶嵌着一颗被雕琢成了含苞待放的荷花的玛瑙。仓央嘉措只是稍稍瞄了一眼，那枚耳坠就让他的心揪得隐隐作痛。他想到了老太太曾经的青春岁月，以及与青春岁月一起消失的容颜霓裳。人生苦短，世俗世界的争执、抢夺、尔虞我诈是那样的毫无意义，仓央嘉措不由得生了厌离之心。

仓央嘉措缓缓走着，一条条洁白的哈达向他飘来。他看到，离他远一些的人不断把哈达抛向离他近的人，离他近的人再抛向他，如此，在他的周围，无数的哈达就像滚滚浪涛，在人们头顶上翻腾着，飞旋着。人们要求他给大家摩顶赐福，他一边在心里默念着祈求佛法僧三宝保佑众生的口诀，一边轻轻抚摩着一个个伸向自己的头。

人群中，有个老头在痴痴地看他，眼神中有一种慈父一样的怜爱光芒。仓央嘉措正在摩顶的手不由得停了下来。他想起了英年早逝的父亲扎西丹增。那时候，父亲在病榻上，也总是这样痴痴地盯着他看，有时，一行眼泪会涌出父亲的眼眶。每每看到这个情景，仓央嘉措就会伸出小手，替父亲擦去眼泪，天真地说："阿爸，不哭，我给您拿藏糖吃！"说着，便跑去找阿妈要藏糖，那藏糖是几年前几个僧人拿来的，那些僧人还问了他许多问题。直到后来，仓央嘉措才知道，他们是来秘密寻访转世灵童的，后来，他被认定为五世达赖转世灵童。

人们不断把头伸过来，让仓央嘉措摩顶赐福，那老头却依然站着，目不转睛地看着仓央嘉措，仓央嘉措走到他跟前，停下来，在老头额头上轻轻抚摩了一下。他看到，老头的眼睛里立刻涌出了眼泪，他不忍看下去，便匆匆往前走去。

前面拐弯的地方，是哲蚌寺。

哲蚌寺建于1416年，创建者是格鲁派始祖宗喀巴和他的弟子降央曲杰·扎西班丹。这座久负盛名的寺院，既是格鲁派六大寺院之一，又是拉萨三大寺之首。它坐落在拉萨市西郊的格培乌孜山南坡的山坳里，是藏族地区历史上规模最大、僧侣最多、级别最高的一座僧院，据说最盛时僧侣达1万余名。

哲蚌寺建筑结构严密，殿宇相接、群楼层叠，每个建筑单位基本上分为三个层次，即落院、经堂和佛殿，形成由大门到佛殿逐层升高的格局，强调和突出了佛殿的尊贵地位。在建筑外部又采用金顶、法轮、宝幢、八宝等佛教题材加以装饰，增强了佛教的庄严气氛，使建筑整体上显得更加宏伟壮观。其中规模宏大的措钦大殿错落有致，层次分明；不拘一格的德阳扎仓粗厚古朴，简洁凝重；布局严密的曼巴扎仓楼阁高耸，庄严雄浑；富丽堂皇的噶丹颇章华彩纷繁，气势威严。

噶丹颇章，意为极乐宫，建于1530年，由二世达赖喇嘛根敦嘉措任哲蚌寺第十任赤巴（住持）时主持修建。以后三世、四世、五世达赖喇嘛都在这里居住并历任该寺赤巴。五世达赖喇嘛时期，在和硕特蒙古部族首领固始汗的帮助下建立了强有力的地方政权，藏传佛教格鲁派从此奠定了它在西藏政教领域里的最高地位。从那时候开始，直至五世达赖移驾布达拉宫前，所有的政务都是在这里处理的，噶丹颇章一度成为西藏地区政治权力中心。

此刻，哲蚌寺的僧侣都涌出了寺院，这些红衣僧侣双手合十，虔诚地跪在路旁。当仓央嘉措慢慢走近他们，他们在一位声音洪亮的老僧带领下，开始齐声高诵佛经。一时间，抑扬顿挫的诵经声响彻云霄，声势浩大，感天动地。

仓央嘉措也双手合十，与他们一起高声诵念起来。他看到每一位僧人的眼中都满含着眼泪。

“不能带走我们的活佛！”人群中，有人忽然高叫了一声，随之，跪倒在地的僧人忽然站起来，冲向了达赖喇嘛，蒙古士兵还没有反应过来，几个僧人团团围着仓央嘉措把他带走了。后来，在人们的传说中，这个细节成了一个扑朔迷离的神话：“当活佛走过哲蚌寺时，一团红云忽然从天而降，活佛驾着红云，飘向了远方。”

拉藏汗得到仓央嘉措被哲蚌寺僧人抢走，并迎请到了噶丹颇章的消息，大发雷霆，即刻带兵去攻打。

噶丹颇章政权，是固始汗和五世达赖共同创立的。固始汗是拉藏汗的先祖，五世达赖是仓央嘉措的前世，所以他们都与这座久负盛名的寺院，还有寺院里这座同样盛名的宫殿有着千丝万缕的联系，而如今，他们却要在这里兵刃相见了。仓央嘉措还没有坐安稳，拉藏汗的士兵已经冲到了哲蚌寺山门外。

在蒙古士兵的铁骑和刀剑下，许多僧人倒下了，看着这般惨烈的情景，仓央嘉措生起不忍之心，他忽然站起来，无所畏惧地往蒙古军中走去。

“活佛，回来！”僧人们大叫。

仓央嘉措回过头来，坦然地笑着说："生死对我已经没什么顾念了，你们不要为我去作无谓的牺牲。"说着大步往前走去。

蒙古士兵看着飘然走出的仓央嘉措，不由得停下正在舞动的刀剑，吃惊地张大了嘴。

就这样，仓央嘉措用自己的生命换取了哲蚌寺的和平，从此他就踏上了一条谜一样缥缈不定的路。

仓央嘉措刚刚走出哲蚌寺，走出拉萨，在他的身后，一场勾心斗角、争权夺势的政治较量就开始了。第斯桑结嘉措被杀后，以为大功告成的拉藏汗即刻任命了一位新的第斯，名叫隆索，这位第斯对拉藏汗感恩戴德、奴颜婢膝，一副惟命是从的样子。仓央嘉措刚刚离开拉萨，他就建议拉藏汗重立达赖喇嘛。

"第斯桑结嘉措所立达赖，耽于酒色，不守清规，举止和行为都暴露了其达赖身份之伪，理当另立达赖，以昭天下。"隆索唯唯诺诺地对拉藏汗说。

拉藏汗听了，即刻笑逐颜开，他说："甚好，那就赶快开始吧。"

在拉藏汗看来，只要达赖喇嘛在自己这边，他就可以像第斯桑结嘉措那样"挟天子以令诸侯"，利用这面西藏政教大权的旗帜，使自己的权力更加巩固。拉藏汗每每想到这里，再想想第斯桑结嘉措死后，形势越来越朝着对自己有利的方向发展，就会不由自主地笑出声来。在那一段时间，拉藏汗总是忽然间哈哈大笑，令他的部下莫名其妙，不知所措。

寻访达赖喇嘛真身之事，就在拉藏汗不时发出的笑声中开始了，此事当然由隆索负责。这位第斯倒也兢兢业业，事必躬亲，不几日，一个乞丐之子便被认定为五世达赖喇嘛转世灵童，被迎请到拉萨，取法名为伊喜嘉措，在布达拉宫坐床。

就在拉藏汗觉得一切都万事大吉，正在打着如意算盘的时候，一件他万万没想到的事情发生了。

青海，本该属于他的地盘，可就在他另立达赖喇嘛的同时，青海也新立了一位达赖喇嘛，并以“对西藏所立达赖，青海众蒙古复不信之”为由，对他所立的达赖表示不信任和不遵从。拉藏汗得到这个消息，气急败坏，不时大笑的习惯也随之改变，成了一个喜怒无常、动不动就大发雷霆的人。他的部下看着他吹胡子瞪眼睛的样子，更加莫名其妙，更加不知所措，更加心惊胆战。

第斯隆索颤颤巍巍地站在他身边，不断地说一些宽慰的话，让拉藏汗冷静下来，等拉藏汗不再破口大骂了，隆索小心地说：“承不承认达赖喇嘛，不是他们说了算，应该是中原的皇上说了算，我想大人您一定知道这一点。”

一句话，使拉藏汗恍然大悟，他即刻命隆索拟奏章，向康熙皇帝禀报真假达赖之事。

康熙皇帝是个识时务的人，他权衡了一下拉藏汗与青海蒙古之间力量的悬殊，便册封拉藏汗所立达赖为六世达赖，但他没想到的是，在藏蒙群众心里，只有仓央嘉措才是达赖喇嘛真身，那位伊喜嘉措虽然被皇上册封，却始终没有被藏蒙群众承认。

拉藏汗一直也没有得到他想象中的那种“挟天子以令诸侯”的权力和威风。他绞尽脑汁，想让他所立的达赖喇嘛以人间活佛的神圣身份站立在西藏政教权力的顶峰，10多年过去，他所有的努力都成了在岁月之河上漂远的浪花，没有留下任何痕迹，没有取得任何效果。11年后，策妄阿拉布坦处死了他，而这位刽子手曾经与他“肝胆相照”，联手密谋，要置仓央嘉措于死地。

拉藏汗死了，伊喜嘉措当然也被拉下了达赖喇嘛的宝座。据说，这位年轻僧人后来在西藏药王山的甲波寺度过了自己的余生。

真假达赖喇嘛之争一时间尘埃落定，所有的争论都成了笑谈，所有的是是非非都烟消云散。

1720 年，康熙皇帝封噶桑嘉措为六世达赖喇嘛转世真身，是为七世达赖。

仓央嘉措曾写过这样一首诗：

洁白的仙鹤啊，
请把双翅借我，
不会远走高飞，
只到理塘就回。

有人认定这是一首预言诗，预言了诗人的后一世活佛，也就是第七世达赖喇嘛噶桑嘉措出生的地方在理塘。噶桑嘉措于藏历第十二绕迥土鼠年，清康熙四十七年(1708 年)生于四川理塘，8 岁时在理塘寺出家。

第十章

大步走出了拉萨街头 我是流浪的宕增旺波

仓央嘉措走出拉萨，一片大好天地豁然在他眼前展开，他举目四望，无边的蓝天上飘浮着白云，蓝天白云下，是大地坦荡的胸怀。正是藏历五月的美好时光，大地一片葱绿，鲜花开满了山冈草原。在山冈草原上，铺展着一条条指向各异的道路，踏上任何一条道路，都会是一个神奇缤纷的故事。仓央嘉措停下脚步，深深呼吸着这乡野的空气。面对着眼前错综复杂、相互缠绕、崎岖坎坷的道路，仓央嘉措几乎是成竹在胸，他毫不犹豫地朝前走去。当他绛红色的身影穿过原野，越过高山，绕过湖泊，他就走进了一个凄婉美丽的传说之中。

传说是从念青唐古拉开始的。英武的念青唐古拉山神看到同样英武的活佛向着自己一路走来，便现出原形，在路口恭迎活佛，表达了他对这位年轻活佛的敬慕之情。

传说皇上并没有召见仓央嘉措，是两位金字使者自作主张把他带出了拉萨。当他们走到东给错那湖畔时，皇上的谕旨就送到了这里。皇上指责两位金字使者："尔等将此教主大驾迎来，将于何处驻锡？如何供养？实乃无用之辈！"

两位金字使者看了皇上谕旨，惶恐异常，思来想去却无万全之策，便带着众人，面对仓央嘉措跪了下来，哀恳道："为今之计，惟望足下示状仙逝，或者伪做出奔，不见踪迹。若非如此，我等性命休矣。"

随着两位金字使者，众人附和着，有几个人甚至放声号啕起来。

仓央嘉措看着他们，心里义愤不已，他说："我知道你们当初与拉藏汗是如何策划的，所以，此行如果见不到皇上，我决不返回！"

金字使者等人听了这句话，更是惊恐不安。

"请活佛一定拯救我们！"金字使者恰纳喇嘛及阿南卡一再请求着，他俩身后的号啕声也越来越响亮起来。

看着他们聪明反被聪明误的可怜样子，仓央嘉措生出慈悲之心、怜悯之意，便对他们说："我不坑害你们，我的事我自己了断。"

那几个人听了，千恩万谢地磕头作揖起来，仓央嘉措没等他们站起来，一个人径直走了。

传说，仓央嘉措从此走上了一条不归之路，他将自己的生命托付给了青海湖蔚蓝色的湖波——在青海湖畔，他患了水肿病，病魔带走了他年轻的生命；在青海湖畔，他遭恶人陷害，吃下了被下了毒的食物；在青海湖畔，他忽然失踪，后来成了阿拉善草原的一个牧羊人……传说在这里变得艰涩曲折，难以为续。就像是一个讲述往事的老人，说到一些令人悲痛的过去时，忽然哽咽起来，破坏了叙述的逻辑，更像是老人的记忆出了问题，在故事的结尾，有了几个不同的结果，每一个结果都似是而非，每一个结果都似非而是。但传说并没有因此停止，传说仍然继续着。

传说中的湖泊变成了衮嘎诺尔湖。衮嘎诺尔湖如一匹深蓝色的绸缎，飘逸而又清凉，远远望去，好似一片蓝天凝固在那里。

传说也在这里凝固了。《青海史》、《噶伦传》、《七世达赖传》、《西藏喇嘛事例》等汉藏文文献，几乎都以同样的文字，简略描述了这样一个令人不忍目睹的场景：赴京途中，仓央嘉措死于青海上部的衮嘎诺尔湖；六世达赖喇嘛在赶往汉地途中，逝世于衮嘎诺尔；康熙四十六年（1707 年），仓央嘉措行至青海衮嘎诺尔的地方圆寂……

但传说仍然没有停止，传说带着仓央嘉措后半生的神奇命运，一路迤逦走去。传说只是在这个叫衮嘎诺尔的地方打了个深深的漩涡。

同样是衮嘎诺尔，传说却在这里有了新的走向：

仓央嘉措一行在向晚时分来到了一片草原，便搭起帐篷，打算在这里过夜。帐篷刚刚搭好，就有一个老者来到帐篷门口，好奇地往里张望。仓央嘉措见了，便让人把老者叫到帐篷里。

“请问这里是什么地方？”仓央嘉措问了一句，老者一脸茫然。后来才知道老者是蒙古人，听不懂藏语。仓央嘉措把一位懂蒙古语的随从叫来，通过他的翻译，仓央嘉措了解到这个地方叫衮嘎诺尔，老人的名字叫阿尔巴斯朗。

仓央嘉措心里忽然一振，他想，衮嘎诺尔是藏语共喜或者财富的意思，而阿尔巴斯朗，在蒙古语中是狮子的意思，也就是说，这个地方有着共喜、财富、无畏的缘起……想到这里，仓央嘉措心里暗暗有了一个计划，他要在明日初更时分从这里启程，从此远离尘世中的纷纷扰扰，远离世俗男女间的恩恩怨怨。

阿旺伦珠达吉所著《殊以圣行妙音天界琵琶音》一书，这样记载了那个特殊的子夜：刹那间，狂风骤起，如天摇地动一般，一时间昏昏然方位不辨。忽然，风雨中有火光闪烁，仔细一看，却原来是一位牧女前行而走。我（仓央嘉措）尾随她而去，直到黎明时分，那牧女悄然隐去，风暴也停息下来。茫茫大地，只剩下了无垠的黄沙尘烟……

在传说中的这个子夜，年轻的仓央嘉措复活了，并且开始了他弘扬佛法、利益众生的传奇一生。一些充满神秘色彩的故事，伴随着仓央嘉措四处流浪的脚步，至今在藏族民间广为传扬，与他动人心魄的情诗一起，感动着这个世界，美丽着我们的人生。

优美的传说里，远远走来一个身穿褐红色袈裟的背影，那是仓央嘉措。

这一日，仓央嘉措来到了青海青南草原的一座小寺庙里。寺庙正在为僧人们施放斋饭，仓央嘉措便去要了一碗斋饭，慢慢吃完。肚子里有了东西，身上也有了力气，仓央嘉措向四周看看，正准备离开，却听到身后有人在叫他："这位高僧，请留步。"

仓央嘉措转身看去，却是一位老僧在唤他。仓央嘉措很纳闷：我从来没到过这个地方，有谁会认识我呢？

既来之，则安之。仓央嘉措也没想那么多，随着老僧到了他的僧舍。

僧舍里洁净安宁，陈设优雅，颇有几分儒僧气派。老僧让仓央嘉措坐在上首，并拿出美食款待，仓央嘉措感到盛情难却，便吃了一点东西。这时，老僧开口道："昨晚我做了个梦，说有一位云游的高僧要到这里来，让我好好供奉。今早出去领斋饭，就看到您在那里，我就断定您一定是我梦中的那位高僧。"

说着，极其虔诚地伺候仓央嘉措用餐。

仓央嘉措道了谢，要离开老僧时，老僧拿了一钱黄金、一锭白银，要他无论如何收下，仓央嘉措婉言谢绝；老僧又拿出茶、油、糌粑等送给他，仓央嘉措被老僧的诚意打动了，便收下了这些东西。

老僧送仓央嘉措出了寺院，又送出好长一段路程，临别时，那双饱经沧桑的眼睛里布满了泪水，好像是在送别亲人。

仓央嘉措继续行走在传说里，他的步履忽然有些艰难，他的身体忽然有些趔趄。

原来他染上了痘疫。这是一种可怕的传染病。只见仓央嘉措全身发肿，四肢布满了水疮，一阵阵袭来的疼痛，侵蚀着全身的每一块肌肤，撕心裂肺一样使他难以忍受。没过几天，身体的浮肿慢慢转移到了脸上，脸肿得连眼睛都睁不开了，身上的口袋里却没有一口吃的。在饥饿和病痛的双重折磨中，仓央嘉措能做的，只有向佛法僧三宝虔诚祈祷，他祈祷这里的瘟疫能够早早消失，他祈祷自身先前的恶业能够早早涤除。

这几天，他身上的痘疮化成了脓液，与裹在身上的袈裟粘连在一起，稍稍一动，就是一阵钻心的疼痛，不仅如此，脓液发出的味道，引来无数蝇虫在身边飞舞，纷乱的鸣叫声让人难以平静下来。

但仓央嘉措拖着病体，依然艰难地行走着，心里只有一个念头：我不能病死，也不能饿死！

就在这时候，空中飞来一只大鸟，只听那只大鸟在蓝天白云间响亮地叫了两声，便把一块兽肉扔到了仓央嘉措身边。这是他多日来见到的最好吃的东西，于是，他双手合十，向着大鸟飞走的方向深深鞠躬，表达了对那只大鸟的谢意，然后吃了少许兽肉，身体上的力量立刻恢复了许多。

仓央嘉措没舍得把兽肉全部吃完，他想，在吃完这块兽肉前，无论如何要找到有人烟的地方。如此想着，他便手拄拐杖，朝前走去，不大一会儿，前方不远处就出现了一个村落，仓央嘉措咬紧牙关蹒跚走去。

快到村口了，眼前出现了一片盎然的绿色，这片绿色，让仓央嘉措的身体有了几分活力，他脚下的步伐不由加快了。

绿色的树木，枝头上却结着红色的果子。饥饿难耐的仓央嘉措便摘下几颗红亮透明的果子吃了下去，这一吃不要紧，随着肚子里一阵阵绞痛，刚刚有些消退的浮肿重又复发了，仓央嘉措只觉得眼前一黑，便昏睡过去。

睡梦中，一个年方20左右的美少年向仓央嘉措走了过来，他对仓央嘉措说："我来迎接您了！"少年的话音刚落，又听到虚空里传来一声低沉的声音："那个红果子有毒，不能吃的！"却有另一个声音说："对于一个能够化毒为药的人来说，那红果子有益无害。"

第二天，仓央嘉措苏醒过来，感到浑身舒爽、轻松，一轮红日正照耀着大地。

传说中有关仓央嘉措得病而亡的说法，或许与他的这次病历有关，或许人们忽略了一个至关重要的细节，就是那个拖着病体的年轻喇嘛，摆脱了病魔，重新又站了起来，并且踏上了新的征程。于是与那个年轻喇嘛有关的新的传说开始了，并且伴随着他，走进了更加神秘、奇幻的世界。

这一日，仓央嘉措来到了康区的理塘，他本来想在这里拜拜佛，多待一段时间，不曾想果芒扎仓的陀果哈现在却在理塘当堪布。为避免被他认出来，在此处待了3

天后，仓央嘉措又继续上路了。

几天后，他到了一户人家，并借宿住在此家。在这家里，他看到了一个无头之人！

仓央嘉措从来没见过人没有头还能活着，惊讶和意外就写在了他的脸上。他好奇地问这家人："不知道此人为何是这般模样？"

家人笑着说："我们料想您一定会感到奇怪。"就把前因后果说给仓央嘉措听，"此人原先就患有颈项病，后来头就断掉了。这种情况已持续了3年，现在他依然活着。"

面对这个无头之人，仓央嘉措生起慈悲之心，他一直用悲悯的目光注视着他。

就在这时，这个无头之人开始用手捶打前胸，仓央嘉措更加好奇，便问道："他这是要干什么？"

有人回答道："他是饿了，要吃东西。"说得轻巧平静，好像这只是一件再平常不过的小事。

原来这个无头之人尽管已没有了头颅，但他脖子上还留有两个管道，这家人就用瓶子盛装糌粑汤，顺着管道倒下去，那汤已经调好，既不冷也不热亦不寡味。因倒进去的汤水会泛起泡沫，他们倒一会儿就得停下来等上片刻，过一会儿，当泡沫消散后就又接着往下灌，就像我们平常倒水那样。慢慢地，瓶中的糌粑汤就倒完了。

仓央嘉措心里一时生出许多感慨，他想，佛经中曾经说过，诸菩萨为圆满布施波罗蜜多而获佛果，曾将自己的头颅成百上千次地予以布施；佛经中还说，头乃身体一切行为举止之根本，断后不可能再复生，人亦不可能再复活。可是现在对照着眼前这个无头之人，仓央嘉措深感佛经中的这种说法可能只是指一般情形而言，个别众生所具体感受的个别业果，实在是难以衡量、判定，这些特殊现象不是一个人完全可以理解的。

仓央嘉措走在这样一个奇幻的世界里，度过了10年的时光。他隐姓埋名，在京城、五台山、塔尔寺，甚至印度、尼泊尔一带游历，每每碰到别人问他的身世，他就会说："我自幼浪迹在外，年深日久，早已忘了父母乡土。"

10年的漫长岁月，作为雪域西藏政教领袖的仓央嘉措，却在民间经历了人们闻所未闻的许多奇遇：他遭到过土匪、猛兽的袭击；他躲过了拉藏汗的追捕；他降服过行尸；他到过人迹未至的高山雪岭……

第十一章 那偶然路遇的情人 是肌体芳香的姑娘

森严的布达拉宫，对于历世达赖喇嘛来说是一个不相信爱情、不相信浪漫的地方。因为它象征着一种使命，这是一种以牺牲自我、感化和利益芸芸众生的使命。然而，自从年轻英俊的仓央嘉措走进这里，爱情与浪漫像一道绮丽的彩虹，以情诗的方式，把一道道七彩的颜色书写在了布达拉宫的上空，渲染出了一幅缤纷的图画，流泻出了无数动人的歌谣。

人们忘情地吟哦着仓央嘉措情诗，少女红润的面容、姑娘多情的眼睛，这些与布达拉宫毫无关系的美丽意象，不时闪现在情诗的字里行间，闪现在仓央嘉措关于爱情与浪漫的美丽传说里。

一边是宗教的庄严凝重，一边却是世俗的柔情蜜意，这两种似乎是永远平行着的、根本无法重叠的人类情感，在这里自然和谐地胶合在了一起，使所有的人都产生了一份好奇。许许多多的眼睛，情不自禁地张望着布达拉宫,试图让目光穿透厚重的高墙,去探个究竟,搞清楚那里到底发生了什么。

无需探究,仓央嘉措情诗就这样顺理成章地在这里诞生了。

情真意切的仓央嘉措情诗啊,每一首诗都充满了对爱的渴望、对情的思念,还有那一丝丝高墙深院里的冷清、青灯黄卷下的孤独。

10 年后,仓央嘉措走出了布达拉宫,当他真正走出这里的禁锢,爱情与浪漫却离他远去。25 岁的仓央嘉措,比少年时代更加成熟稳重,也更加英气逼人,但他却与爱情无关,与浪漫无关了。此刻的他,一心想做的事,只有一样:弘扬佛法,利益众生。

有这样一则传说,记述了仓央嘉措在传播佛法时的坚韧不拔和忍辱负重。阿旺伦珠达吉所著的藏文版的《仓央嘉措秘史》一书,写到这段传说时,这样描述了仓央嘉措当时的形象和境况:尊者(仓央嘉措)披挂起无上慈悲的坚韧的甲胄,以无上精进的力量肩负起利益圣教和众生的神圣职责。

传说是这样的:

大约在藏历第十二绕炯木龙年(1724 年)仓央嘉措开始在一个叫扎噶的地方修造一座寺院,但是由于战事不断，刚刚搭起基座的建筑又不得不停下来，一直到了藏历火羊年(1727 年)这座寺院方又重新动工。然而，由于这座寺院所在的地域属于中原管辖区，寺院的建造又遭到了地方权贵的干预，他们甚至直接插手阻止施工，“今天砌好的石屋，明日便责令拆毁，明天砌成的，后日又拆了……”尽管如此，仓央嘉措依然没有改变在这里修造一座寺院的初衷。

就在这个时候，管辖这片区域的地方官员被派到别的地方去了，前来接任的是一位笃信佛法的汉族官员。仓央嘉措得到这个消息，即刻备了良马和白银，前去拜会这位官员，并说明了自己的来历。官员听了仓央嘉措诚恳的叙述，虽然感动不已，但却面露难色，他说：“我到这里来，也就是替前任长官代理执事，最多也就三个来月，不知道你的神殿在这段时间里能否建造起来。如果超越了这个时限，原长官又会回来，我也就要回去了，至于他如何对待这件事情，我就不好说了。”

仓央嘉措即刻明白了官员的暗示，表示了谢意，回到住处后，马上召集汉藏工匠开始建造寺院神殿。他们不分昼夜地赶修，在那位官员尚未回来之前，一座颇具气势的大殿便修造完工了。在这座高约一层楼的神殿里，塑立着至尊弥勒佛的神像，周围还有马头明王、金刚手、八大佛子的金身神像，神像的周围还雕刻着岩山奇石的景致。整座神殿绘彩镏金，也算得上富丽堂皇。

仓央嘉措眼望着这座神殿，心里满是感慨，他专门挑了个好日子，为这座神殿举行了开光仪式。

就在神殿落成不久，这个寺院的建造也已经初具规模的时候，那位原长官又回来了。这位官员刚刚落脚，看到屹立在山头的寺院和神殿，顿时暴怒不已，不顾一路的鞍马劳顿，即刻率领官兵开始拆毁寺院，山墙被推倒了，神殿上的瓦片也被他们揭下来扔了一地。仓央嘉措听到这个消息，大惊失色，立刻赶到现场，面对着那位骑在马背上趾高气扬的长官跪了下来，把那千百种功德修来的高贵的头颅抵到地上，不断地叩拜着。

“请您手下留情！”仓央嘉措发出了悲切的请求。

在仓央嘉措的一再恳求下，神殿总算保留了下来。据说，那位长官从寺院回到自己的塞堡，不大一会儿便七窍流血，猝然死去，这是因为他担当不起仓央嘉措跪拜的缘故。

也就在这时候，清康熙皇帝传下圣旨：修复在战事中拆毁的大小寺院，圣旨到了扎噶，这里的官员再也不敢阻止和干预寺院的修建了。

这则传说，描述了一个脱胎换骨的仓央嘉措。人们不相信，一个多情又浪漫的少年，在经历了几年四海为家的流浪生活之后，会有这样一个与他的少年时代截然不同的心境和行动。那支书写着美丽诗句的妙笔难道永远封存了吗？那些被他称颂得无以复加的纯洁的爱情难道从此成了记忆了吗？

有人试图从他流浪之旅的脚步声中，听到他隐隐约约的爱情故事，看到他身旁美丽的姑娘，但他们看到的只有仙女、度母和空行母的化身。他们开始推断，也许这正是被后人神话了的一次次甜蜜的过往，一段段缠绵的情历。

这一日，仓央嘉措朝拜了中原的峨眉山，走在返回西藏的路上。西藏那片圣土，有仓央嘉措太多的辛酸，有他许多不堪回首的往事，但他却日夜思念着那里。在峨眉山，他站在山巅遥望西藏，似乎听到了一声声呼唤，那是他儿时的阿妈在呼唤他回家，一声声，一声声，悠长而又充满慈爱。仓央嘉措禁不住潸然泪下，他心里暗暗对自己说，哪怕遇到再大的危险也要去看一看——那时，拉藏汗还在四处追捕他，他若去西藏，就可能是自投罗网。但挡不住的思念之情，让仓央嘉措把一切都置之度外。

风餐露宿，几日后，他来到了四川理塘，在嘎次寺附近，他与一位正当妙龄、服饰华美的姑娘相遇了。姑娘主动过来和他打招呼："这位香客你从哪里来？"

忽然听到姑娘甜美的声音，仓央嘉措有些手足无措，他拘谨地说道："哦，我是从康区来的，准备去拉萨朝圣。"

"我刚从拉萨来，人们怎么都要去拉萨呢？"姑娘如此说着，诡秘地笑了。

仓央嘉措不知姑娘何意，正准备继续赶路，姑娘却又说话了，她说："如果不急着去拉萨，就在这里小住几日吧！"

看着姑娘情真意切的样子，仓央嘉措有些盛情难却，便答应了下来，姑娘感到很高兴，她说："这样太好了，我要好好款待你。"

说着便带仓央嘉措来到一禅洞，说："你就住在这里，这里十分僻静，也没有杂人干扰，每天的膳食我会及时送来。"说完告辞走了。

仓央嘉措听从姑娘的话住了下来。向晚时分，姑娘果然送来了水罐、柴火和糌粑，并且对仓央嘉措说："你就多住几日吧，糌粑吃完了，我会随时送来。"

在姑娘的盛情款待下，仓央嘉措在这里住了一个多月，他却一直不知道姑娘的姓名，直到有一天夜晚，他从睡梦中知道,那美艳的姑娘是神灯天母显示神变的。

有一天，仓央嘉措正在西藏扎日山一带修炼脐轮真火功,一位穿着朴素的女子来找他,对他说:“我家主人请你去做法事。”

仓央嘉措看着女子无比真诚的样子，便去询问自己的上师,征得上师同意后,带着上师身边的一个僧人随着那女子一同去了。

走到一个岩洞前，岩洞豁然大开，女子抱歉地对跟随而来的僧人说:“你不能进去了。”说着只带仓央嘉措一人进了岩洞。他们刚刚进去,洞口便自然合闭了。女子在前面引路,走了好长时间,来到了一座大厅,这里金碧辉煌,四周上下全是奇珍异宝。仓央嘉措抬眼一看,才知道自己到了空行母的居所,许多空行母正在等候着他的到来。空行母们为他载歌载舞,一时间,奇情异景,目不暇接,仓央嘉措也沉浸在无限的欢乐之中,以为自己在这里只度过了一天,出了岩洞才知道,七个昼夜已经过去了。

阿旺伦珠达吉所著《殊以圣行妙音天界琵琶音》一书中,还提到了一位一直跟随在仓央嘉措左右,伺候和侍奉他的蒙古格格,关于他们之间的过往,书中有详细的描述。

他们刚刚在蒙古草原相遇时，这位格格根本不把仓央嘉措放在眼里。一天早晨，仓央嘉措起了个大早，按照久已养成的习惯，他盘腿打坐，开始诵经。正在这时，目中无人的格格带着她的随从和丫环突然闯了进来，格格傲慢地坐在七层厚的绣垫上，盛气凌人地说："听大家说你是个了不得的喇嘛，但我并不相信。有道是眼见为实，我倒要看看你有什么本事。如果你拿不出什么真本事来，这大路上像你一样的行脚僧多的是，有什么稀罕的！"

说着，捧起一根很长的烟杆，肆无忌惮地抽了起来。

仓央嘉措看到如此情景，他双目微合，继续诵吟着经文。正好，一位僧人进来向仓央嘉措献茶。他把茶斟到一只长柄瓷杯里，送到仓央嘉措手上。

那位格格依然斜眼看着仓央嘉措，仓央嘉措接过杯子，轻轻揉捏，转瞬间，那只杯子在他手里变成了一只鸡蛋一样的圆球，又用双手往左右一扯，圆球又变成了长条，接着又揉成圆球，向空中扔去，只见那圆球飞出帐篷的天窗，又从天窗里落回了帐篷的中央。这时，圆球又复原为刚才的杯子，不破不裂，就连其中的茶水也一滴未洒。

那位傲慢的格格张大了嘴，半天没有回过神来，仓央嘉措把杯中的茶都快喝完了,格格才如梦初醒,她忙不迭地从绣垫上下来,双膝跪地,磕头不已,一边磕头,还一边把自己身上的珍宝首饰全部摘下来,献给了仓央嘉措。

仓央嘉措看着这位格格,不由得笑了,他说:“我一个行脚僧,要女人的饰物干什么,何况你是格格,我更不能要你的东西。”

“这是我的一片诚心,请务必笑纳。”格格真诚地说。

仓央嘉措却不过情面,也就收下了。

从此,这位格格变得虔诚无比,她把自己的发丝积攒起来,做了一个精美的顶髻,上面还镶有各种宝石。在做这个顶髻时,因为缺了少许头发,她就从自己头上剪下一绺头发,补齐了。

格格后来追随仓央嘉措去了很多地方。

第十二章

风儿从哪里吹来
风儿从家乡吹来

1745 年。

岁月荏苒，光阴飞逝，仓央嘉措已是 62 岁的老人了。他在 20 岁的时候，曾经写过这样一首诗：

去年种的青苗，
今年已成柴草；
少年老去的身躯，
比南弓还要弯曲。

那时候的天空碧蓝，那时候的大地辽阔，但天空和大地却装不下胸膛里那颗小小的心，那颗心总是在幻想着什么，总是在期冀着什么，永远也没有满足的时候。而暴风雨就是在这个时候来临的，是那样地突然，那样地猝不及防。那时候，他是怎样地渴望走出布达拉宫啊，可是，当他真正走出布达拉宫的那一刻，他才感觉到，在外面自由的蓝天和大地上，同样隐藏着阴谋和不可预知的危险。阴沉的乌云转瞬间就布满天空，强劲的山风带着刺耳的呼啸声横扫着大地。仓央嘉措忽然间顿悟了。那时候，他的经师总是让他去观想心中的本尊，他却心猿意马，怎么也做不到。而这次，他没有打禅，也没有观想，就一下子明白了，世间的一切，远不会按照个人的意志去改变，作为活佛，弘扬佛法、利益众生是自己唯一应该去做的事，这才是一个出家人的本分和福运。

仓央嘉措一边苦苦冥想着，一边慢慢走去，在他的身后，烟云翻滚，尘埃飘浮，而这一切都离他越来越远了。他眼望前方，径直走去。

从那一刻起，他就从来没停止过行走，他的脚步声回荡在他走过的山山水水间。一晃 40 年过去了，但他依然没有停止行走的脚步。

此刻，他行走在阿拉善草原上。

这一天，他来到了一座小寺庙，寺庙周围的善男信女听到他在寺庙的消息，便从四面八方汇集而来，特别是那些老人，双眼中充满了激动的泪花，急急地来到他面前，要求祈福。仓央嘉措和蔼地笑着，为他们一一摩顶，并且对他们说："这次要仔细看看我，好好记在心里，人寿无常，以后能不能见面可就难说了。"

当仓央嘉措说这话时，人们并没有在意，只是以为他的话指的是那些老人，谁也没有想到他说的是自己，因为此时的他已经是病魔缠身。

藏传佛教认为，活佛的圆寂并不是真正意义上的死亡，他只是用这种方式，警示芸芸众生生死无常，从而使持常见的众生能够生厌离之心。所以，大凡得到生死自由的高僧大德都有预言自己圆寂时间的本领。仓央嘉措其实就是在向人们预言他要离开人世了。

仓央嘉措晚年担任许多寺院的主持，在他病重期间，他一一辞去了这些职位。当他要辞去嘉格隆寺寺主之位时，寺院却一再挽留，他便对他们说："我年事已高，无能为力，若死于任上，很是不好。"这句话，同样是一句再明白不过的预言，但人们依然没有明白。

时间飞逝，季节就像是万花筒里交替变化的不同画面，转瞬即逝地交替变化着，冬去春来，一年的时间过去了。

在仓央嘉措身边，有一个跟随多年的随从，名叫阿旺伦珠达吉，后来，就是他书写了仓央嘉措一生的传奇。仓央嘉措病重期间，他一直侍奉在仓央嘉措身边，从仓央嘉措的言谈举止中，他感到有些不妙，便立即传书给各地寺庙，做法事，诵经文，为活佛禳解。

转眼间一个月过去了，仓央嘉措的病情并没有好转，但他坚持要召集传召大愿法会，并要求比往年更隆重一些。

传召期间，人们从四面八方赶来，汇聚到仓央嘉措周身，仓央嘉措天天接待朝拜者，为他们讲经说法，祈愿赐福，眼看着身体有些吃不消了，他的随从便去劝他："今年天气比往年寒冷，加上您贵体欠安，就不要太累着自己了。"

仓央嘉措却笑着对大家说："话是这么说，但这些人专程赶来，为的就是看看我，听听我的声音，难道还要阻止他们吗？"

随从们无言以对，心里却充满了担心。

寒来暑往，又到了藏历新年，仓央嘉措便对阿旺伦珠达吉说："今年的新年要过得高兴！"

阿旺伦珠达吉听从活佛的话，把庆祝新年的活动安排得喜庆热闹。

藏历新年初一早晨，仓央嘉措和大家一起一边享受着丰盛的美食，一边还玩起了各种游戏，他要求大家讲格言、说故事，宴会的气氛一下活跃起来。

有人给他讲了岩魔女与神猴的故事，他虽说不止一次地听过，但依然兴致勃勃津津有味地听完了；有人给他讲野兔跑"加尔"的故事，他附会着，笑得像一个孩童一样。

“有一只野兔正在河边吃草，忽然有只成熟的果子从河边的树上掉下来，掉入河中，发出‘加尔’的声音。”讲故事的人这样开了头。

“这声音可真好听！”仓央嘉措说。

“野兔惊恐万分，撒腿就跑。”

“这么好听的声音，它惊恐什么呀？”

“山林里的野兽看到野兔惊慌失措的样子，问它发生了什么事。”

“发生什么事了呢？”仓央嘉措故意把声音变得很粗，模仿着动物的动作。

“野兔说：‘加尔’来了！”

“‘加尔’是什么怪物呀，它会吃了我吗？”

大家看着仓央嘉措的样子，都笑了。

“野兽们也不知道‘加尔’为何物，也跟着野兔四处逃窜。”

仓央嘉措听了，哈哈大笑起来。

这个故事，把仓央嘉措的思绪带到了他的家乡门隅，带进了他无忧无虑的童年，当其他人接着讲一些寓言故事时，他却陷入了沉默。热闹的人们并没在意活佛情绪的变化。

新年初二，仓央嘉措的病情陡然恶化，甚至出现了短暂的昏迷，守候在他身旁的阿旺伦珠达吉急忙与传承法师、领经师等商议，专门抽出21个僧人，举行消灾解厄的施食法事，全寺僧众也做起了各种祈寿法事。这个新年，就在这日夜不断的诵经声以及悠远的法号声和低徊的海螺声中一天天过去。在紧张有序的各种法事活动中，一种悲怆沉重的气氛弥漫在阿拉善草原这个小小的寺庙里。

在此期间，寺院还向安多和卫藏的130余所寺院发放布施茶，由此，各地的寺院和民间也开始为仓央嘉措活佛做起了祈寿法事。

天气日渐暖和起来，到了四月初六，仓央嘉措活佛的病情依然未减，但他却还是惦记着寺院里的一些事情。这一天，他为寺院弥勒佛殿及其他两座佛殿的神像开光。开光仪式刚刚结束，他就把阿旺伦珠达吉等人叫到身边，对他们说："这寺里，神像、佛典、供器越来越多，需要专门整理造册，以便日后管理。"

"您放心吧，活佛。"

仓央嘉措点点头，过了半晌又说："这些神像，有些虽然装了藏物但已经朽了，有些根本没装藏物，劳烦你们对全部神像做献浴、涂金、开眼等事项。"

"一切遵照您的吩咐，活佛。"

仓央嘉措看着这些跟随自己多年、始终忠贞不二的随从,不再言语,斜倚在床榻上,睡着了。

初七日，一位名叫曲吉的大夫来看望仓央嘉措,他感到很高兴,说了许多话。忽然间,他停止了言语,两眼凝望天空,好像在眼前的虚幻之中,有什么人或物品。他对大夫说:“看哪,天上降下哈达来了！”

阿旺伦珠达吉闻言进去,仓央嘉措对他说:“今天到日子了！”

悲痛的利刃一下击中了阿旺伦珠达吉的心，泪水涌出了他的眼睛。他强忍着悲痛,让仓央嘉措活佛把他随身携带的一颗佛舍利拿在手上。

“这样或许能有些效验。”他对仓央嘉措说。

仓央嘉措看看这颗佛舍利,说:“还是你留着吧。”

阿旺伦珠达吉又急又悲，再三坚请，仓央嘉措这才拿在手上，笑着安慰阿旺伦珠达吉:“我没事儿，你放心。”

一句话，让阿旺伦珠达吉泪水汪汪，他急忙念诵起长生咒,仓央嘉措也跟着他念诵起来,他的声音响亮,语调流畅。就在这时,仓央嘉措的身体忽然颤动一下,慢慢僵直了,他以菩萨打坐的姿势,进入了法界之中,去了光净天法身三摩地之圣境。

仓央嘉措圆寂于阿拉善草原，因此，阿拉善也被誉为仓央嘉措的第二故乡。在这里，他受到了蒙古族人民的广泛尊敬和爱戴。“德顶葛根”是这里的人民对他的尊称，意为“最高贵的活佛”。

在阿拉善的贺兰山腹地，有一座著名的寺院叫广宗寺，也叫南寺。在连绵不绝的群山的映衬下，这座依山而建的寺院显得幽静沉稳。相传这座寺院就是仓央嘉措的弟子阿旺伦珠达吉主持建造的，他圆寂后的法体就安放于此……

多情的仓央嘉措，在森严的布达拉宫吟唱着情歌；伟大的仓央嘉措，在流浪的路上传扬善律。一代达赖喇嘛就这样圆寂了，他把无数美妙的情歌留给我们的同时，也把一个谜一样的身世经历留给了我们，让我们去猜度，去探究。

仓央嘉措大事年表

●崇德七年(1642年),五世达赖洛桑嘉措成为全藏政教领袖,时年25岁;

●顺治九年(1652年),五世达赖率3000余人入京晋见顺治皇帝;

●1679年,第斯桑结加措出世;

●康熙二十一年(1682年),五世达赖圆寂;

●康熙二十二年(1683年),仓央嘉措降生于西藏南部门隅的"域松"或"沃域松"地方;

●1696年,康熙征噶尔丹,得知五世达赖早已圆寂的消息,怒责第斯;

●1697年,仓央嘉措入布达拉宫坐床;

●1701年, 拉藏汗等蒙古部落首领不承认六世达赖;

●1702年,仓央嘉措赴扎什伦布寺向五世班禅要求还沙弥戒返俗,之前已表示拒受比丘戒;

●1703 年，康熙派钦差去拉萨查验六世法体；

●1705 年，第斯桑结嘉措被拉藏汗所杀；

●1706 年，仓央嘉措 24 岁，5 月 17 日他被押赴京，经青海湖（或更嘎诺尔）时被杀或下落不明。

以下事据阿旺伦珠达吉所著《仓央嘉措秘传》：

●1707 年，益西嘉措被立为六世达赖；

●1708 年，仓央嘉措 26 岁。7 月，理塘灵童格桑嘉措出世。仓央嘉措游康定，在峨眉山游十数日，康区瘟疫发作，染上天花；

●1709 年，经理塘、巴塘秘密回拉萨，返山南地区；

●1711 年，在达孜被囚，后逃脱；

●1712 年，仓央嘉措 30 岁，游尼泊尔加德满都，瞻仰自在天男根。10 月，随国王去印度朝圣；

●1713 年，游印度，4 月，登灵鹫山，遇白象；

●1714 年，仓央嘉措 32 岁，在山南朗县的塔布寺，人称塔布大师。年初，格桑嘉措被转移到康北的德格，随后，据康熙帝之令送至西宁附近的塔尔寺。

●1715 年，仓央嘉措再次秘密返拉萨。格桑嘉措在理塘寺出家；

●1716 年，仓央嘉措 34 岁，春，率拉萨木鹿寺 16

僧人至阿拉善旗;

●1717 年,仓央嘉措 35 岁,拉藏汗被准噶尔军队所杀,伪六世达赖被囚药王山寺内,7 年后死。春,六世达赖喇嘛同 12 名从侍人员前往定远营(现巴彦浩特)晋见阿拉善王阿宝老爷和道格甚公主,获准修建昭化寺。中秋,仓央嘉措随道格甚公主入京半年,驻锡什刹海阿拉善王府,游黄寺、皇宫,在雍和宫观益西嘉措所献的檀香木大佛。在德胜门见第斯子女被押送到京;

●1718 年春,回阿拉善;

●1719 年,清朝平定准噶尔,正式承认格桑嘉措为六世达赖;

●1720 年 9 月 15 日, 理塘灵童格桑嘉措坐床为达赖,拉萨十余万人膜拜;

●1721 年,龙王潭公园立康熙帝《平定西藏碑》;

●1723 年,青海丹增亲王叛乱,康熙帝派川陕总督年羹尧平叛,塔布寺遭焚;

●雍正五年(1727 年),仓央嘉措 45 岁,重建塔布寺(即石门寺);

●1730 年, 仓央嘉措在兰州为岳钟祺征准噶尔大军祝祷,作法 7 日;

●1733 年夏季,破土动工修昭化寺;

●1735 年，仓央嘉措自筹 10000 两纹银，派阿旺伦珠达吉去藏区随班禅学经；

●乾隆元年(1736 年)，自阿拉善迁至青海湖某地，居 9 年；

●1737 年，五世班禅洛桑益西圆寂；

●1738 年秋，阿旺伦珠达吉精通经文所有论理，返回阿拉善；

●1739 年，昭化寺举行了规模宏大的祝愿法会，迎请仓央嘉措就坐于八狮法座，主持法事 5 昼夜；

●1743 年，仓央嘉措 61 岁，塔布寺建成，历时 16 年；

●1745 年，仓央嘉措自青海湖地区返回阿拉善，10 月底，染病；

●1746 年 5 月 8 日，仓央嘉措在阿拉善旗承庆寺坐化，享年 64 岁；

●1747 年，六世肉身被移到昭化寺高尔拉木湖水边立塔供奉；

●1751 年，清朝下令由格桑嘉措掌管西藏地方政权，政教合一政权开始；

●1756 年，广宗寺(南寺)开始修建，并将昭化寺全盘搬至现广宗寺寺址；

●1757 年，阿旺伦珠达吉写成《秘传》，七世达赖圆寂。贺兰山中广宗寺建成，寺里供六世达赖肉身塔；

●1760 年，清廷为南寺赐名“广宗寺”；

●1779 年，六世班禅自西藏去热河贺乾隆 70 大寿，11 月圆寂于北京。